COLLECTION FOLIO

Pierre Charras

Dix-neuf secondes

Mercure de France

Né à Saint-Étienne en 1945, Pierre Charras vit à Paris. Comédien et traducteur d'anglais, il a publié plusieurs romans dont *Monsieur Henri*, prix des Deux Magots (1995), *Juste avant la nuit* (1998), *Comédien* (2000) et *Dix-neuf secondes*, prix du Roman Fnac 2003.

pour elles deux

« Et ce n'est que beaucoup plus tard que l'on saura le mal qu'on eut. »

LOUIS ARAGON

(Le Roman inachevé)

I

ZEUS

La dernière fois que j'ai vu Sandrine, je ne l'ai pas vue. À peine ai-je eu l'impression fugitive d'apercevoir son visage. Il ne faisait encore que s'esquisser derrière la vitre de la rame quand une épaule jaune l'a mangé. Il s'est dissous. Comme un fantôme, déjà.

C'était un rendez-vous de désamour. Un coup de foudre à l'envers. Un adieu, peut-être.

Mais nous voulions rester légers, éviter la posture du drame. Alors nous avions imaginé un jeu. Sans doute pensions-nous que si nous nous comportions comme des enfants, nous nous en tiendrions, pour les blessures, aux genoux couronnés et aux bosses sur le front. Et puis, nous nous aimions encore, je crois, et cela nous rassurait. Nous gardions les yeux ouverts sur nos impatiences, nos désillusions, nos tiédeurs. Il n'y avait pas d'urgence, ce n'était pas un cataclysme qui menaçait, même pas un orage, mais plutôt un brouillard, un crachin. Nous en étions au crépuscule de nous-mêmes, mais de tels soirs peuvent s'éterniser. Pour dire la vérité, nous n'avions pas irrévocablement décidé de rompre. Il revenait à Sandrine seule de refermer la porte que nous avions ouverte entre nous vingt-cinq ans plus tôt. Elle seule pouvait partir ou ne pas partir. Je me plierais à son verdict. Je m'en remettais entièrement à elle, par amour ou par courtoisie. Par respect, sans doute. Par lâcheté aussi, un peu, qui sait ?

Nous étions d'accord sur bien des choses, y compris sur le pire. Parce que nous avions connu, l'un et l'autre, d'autres histoires, d'autres fins d'histoire, nous avions perçu presque ensemble le grattement, dans l'ombre, des bêtes affamées résolues à nous dévorer vivants. C'est de cette agonie que nous avions voulu faire l'économie. Alors nous avions opté pour le sabordage, l'euthanasie. Nous nous trouvions dans la situation ambiguë du condamné à mort qui se suicide pour échapper au supplice.

Il m'avait fallu une nuit entière d'insomnie pour programmer la minutieuse démolition à laquelle nous allions nous atteler. Dans l'obscurité de la chambre, couchés sur le dos, nous nous tenions la main par-dessus la couverture. Moi, les yeux grands ouverts, à déchiffrer les festons de dentelle que projetaient au plafond les lampadaires de la rue ; elle, les paupières closes, les lèvres disjointes, à respirer profondément pour me laisser croire qu'elle dormait.

— Voici comment nous pourrions procéder, ai-je dit, dans la cuisine, le lendemain matin.

Nous étions également stupéfaits. D'être encore là. Si calmes. J'ai levé les yeux vers elle avant de poursuivre. Je n'aurais pas dû. Elle était jolie, Sandrine, le matin. Presque autant que le soir. J'ai eu envie d'aller à elle, de la prendre contre moi et de lui proposer de continuer, de recommencer. Je suis souvent enclin à ce genre de bouffées de malhonnêteté. Je me suis senti prêt à proférer n'importe quel mensonge pour ne plus avoir à parler. Mais ça n'a pas duré. J'ai réussi à détourner la tête. Mon regard s'est accroché aux aimants multicolores plaqués sur le réfrigérateur. On aurait dit des médailles militaires. J'ai songé à des batailles, des massacres, des cadavres aux yeux étonnés.

J'avais échafaudé un scénario. Je nous voulais acteurs. Sans doute pour conserver l'illusion que nous allions faire semblant. Nous nous donnerions rendez-vous. Moi, j'y serais et je laissais à Sandrine la liberté de venir ou de ne pas venir. C'était une attention de ma part, mais également l'unique façon de savoir vraiment où nous en étions. Parce que moi, je vais toujours aux rendez-vous. De toute ma vie, je n'en ai pas raté un seul. J'aime découvrir la personne qui m'attend ou que j'attends. Sa légère inquiétude qui s'évapore à la seconde où je parais. Pour rien au monde je ne manquerais l'évaporation d'une inquiétude.

Le lieu aussi avait son importance. Un café ? Trop désinvolte. Une gare ? Trop roman-photo. J'avais d'abord jeté mon dévolu sur le métro, pour finalement proposer le RER. Je m'étais dit que, dans le cas où Sandrine ne viendrait pas — et elle ne viendrait pas, bien sûr — dans le RER, le quai semblerait moins exigu, la voûte moins proche, l'échec moins patent. Il me fallait des alliés, dans cette épreuve, et j'espérais pouvoir compter sur la foule, les panneaux lumineux, le volume d'air où chercher à reprendre souffle, lorsque les portes coulissantes claqueraient sur un morceau de vie, sur ce chemin que nous avions emprunté à deux, épaule contre épaule, et sur lequel je devrais désormais tenter de progresser seul, en boitant. Je m'étais souvenu aussi, je suppose, que les rames m'y surprennent toujours lorsqu'elles débouchent le long du quai, puisqu'elles surgissent à droite comme des trains alors que je les guette à gauche comme des métros. Oui, je crois bien que j'avais choisi le RER pour ne pas voir s'avancer le malheur. Pour qu'il me tombe sur le dos presque par surprise comme une fatalité, une maladie grave, un pickpocket.

Ce qui m'avait séduit, aussi, c'est que sur ces lignes-là, les rames ont des noms de code à quatre lettres, la plupart du temps énigmatiques, mais parfois presque humains. Elles entrent en gare dans un parfum de Résistance, une ambiance de guerre froide. Dans un premier temps, j'avais penché pour ZARA ou NELY afin d'essayer de rendre Sandrine jalouse, ou au contraire BYLL ou TEDY pour lui montrer combien je pouvais être tolérant, mais j'avais jugé plus loyal, et en même temps plus sûr, de me placer sous la protection de ZEUS. J'attendrais sur le quai de la station Nation le convoi céleste en provenance de Vincennes qui, à 17 h 43, s'arrêterait quelques secondes devant moi, avant de poursuivre sa route vers Gare-de-Lyon. J'avais moins hésité pour désigner la troisième voiture en partant de la tête. C'était une vieille habitude qui datait de l'époque où il y avait encore deux classes dans le métro. La voiture des premières d'abord rouge, jaune un peu plus tard, était le plus souvent en troisième position, et je prenais des premières, toujours, pour des raisons que je n'ai pas cherché à analyser, mais qui devaient être idiotes, comme plus d'un aspect de ma vie d'alors. Ainsi, bien avant l'engouement actuel, j'ai porté des « marques » et je n'aurais pas alors échangé un haillon griffé contre un polo confortable mais anonyme. Par la suite, je me suis amusé de ces médiocrités, mais j'ai eu tort d'en rire, car je crois qu'elles sont encore là, quelque part, tapies au fond de moi. On n'est pas stupide provisoirement. La bêtise n'est pas précaire, elle est mutante.

Il fut convenu que je viendrais me mettre en faction avec quelques minutes d'avance — nous savions tous deux que ce serait sans doute près d'une heure — et que, me repérant sur le train précédent, je me posterais en vis-à-vis de la porte arrière de la troisième voiture. Sandrine n'aurait qu'à descendre, juste en face de moi. Ou bien elle aurait choisi la solution la plus probable : elle ne serait pas là et cela signifierait que c'en était fini de nous. Ce train repère semblait avoir été baptisé tout exprès pour souligner l'état d'esprit dans lequel je me trouverais probablement à ce moment-là : il s'appelait TRAC.

Nous avions aussi prévu ce qui devait se passer après la fin du monde. Une fois ZEUS disparu dans le tunnel, à gauche, s'il ne m'avait pas livré Sandrine pour les vingt ou trente ans à venir, je devais aller au cinéma, au café, où je voudrais, mais en tout cas attendre la nuit pour rentrer à la maison, car elle profiterait de ces quelques heures pour remplir ses valises, extraire ses livres de la bibliothèque, arracher à notre décor quelques éléments qui l'aideraient par leur présence à installer sa vie dans un théâtre déjà patiné. C'est cette perspective d'amputation qui m'effrayait le plus, je crois. Affronter les manques, les trous, les accrocs dans la toile de fond de mon existence que j'imaginais immuable. Rentrer chez nous et me retrouver chez moi.

Cependant, notre séparation s'était ébauchée bien plus tôt. En réalité, nous habitions ensemble, mais l'un sans l'autre. Depuis combien de temps ? Deux ans ? Trois ? Aujourd'hui, l'infection flambait, mais depuis quand étions-nous malades de nous-mêmes ? Ça avait commencé par les corps. Nous sortions fourbus de nos ébats. Il faut dire que le plaisir se défilait, il se laissait désirer. Parfois, ses lenteurs avaient raison de nous et nous emportions nos frustrations dans nos rêves. De plus en plus souvent, le soir, nous tournions dans l'appartement, nous avions un dernier chapitre à lire, un dossier à consulter, encore, et, une fois dans l'obscurité de la chambre, le soulagement grimé en regret, nous décrétions qu'il était raisonnablement trop tard pour nous aimer. Oui, nous avions dérivé sans nous en apercevoir de l'amour au raisonnable.

Et aujourd'hui, c'était lui qui nous dictait ses conditions. Il nous enjoignait de nous donner un faux rendez-vous, un rendez-vous auquel ni l'un ni l'autre ne croyait. Un rendez-vous en trompe l'œil. Un mensonge. Pour finir.

Et c'était maintenant.

TRAC s'engouffrait dans le tunnel, à gauche, et rien ne me protégeait plus de ZEUS qui, dans moins de dix minutes, m'apporterait une réponse sans appel à une question désormais superflue.

Au-dessus de ma tête, les petites pastilles lumineuses qui indiquaient les gares desservies s'étaient éteintes et la nuit s'élargit en moi comme si la grande bouche avait avalé, en même temps que la rame, la lune et les étoiles. Le soleil. L'espoir. C'était irréparable. Mon cœur puisait de l'eau croupie dans mes veines. Ma survie tenait du miracle. Mais quant à repartir, à redémarrer... Même si Sandrine apparaissait soudain, sur la paume de ZEUS, je ne saurais pas l'accueillir. Je ne réussirais pas à répondre à sa confiance. Les mots, les gestes qui s'imposeraient à moi seraient précisément ceux que j'aurais dû m'interdire. Et la déception que je lirais dans ses yeux me ferait plus de mal que la tristesse des derniers temps que je n'avais pas su dissiper. Il ne fallait pas qu'elle vienne. Au lieu de nous sauver, ce rendez-vous allait nous perdre. Nous perdre à jamais, cette fois. Je devais m'en aller. Me lever. Elle descendrait sur le quai et il n'y aurait personne. Elle rentrerait à la maison et je lui ouvrirais la porte. J'aurais alors eu le temps de me ressaisir. C'était cela dont j'avais le plus besoin : de temps.

Mais je ne parvins pas à bouger. La station s'était refermée sur moi. J'étais prisonnier du cadre. Comme un comédien qui traverse le plateau d'un théâtre vide, un jour de relâche. Repu de cette odeur de poussière, de sueur, de gélatines multicolores brûlantes et de colle à marouflage qu'on ne sent que là, il a décidé de partir lorsque, tout à coup, le rideau se lève. La salle est pleine. Les spectateurs applaudissent. Il faut jouer. Mais quoi ? Quelle pièce donne-t-on, déjà ? Quel est le rôle ? Le texte ?

Je regardai autour de moi, à la recherche d'un souffleur. Je ne vis que de patientes silhouettes de dos, des sièges de plastique cloisonnés tels des casiers, un distributeur de boissons, une boutique de photographe au rideau de fer baissé, plusieurs de ces grands panneaux publicitaires qui sapent nos vies et préfigurent, pour la beauté, des lendemains de marée basse.

Les nouvelles directions allumèrent leurs pastilles brillantes, près de la voûte, mais je demeurai dans mes ténèbres. Je ne dormais pas, n'étais pas évanoui. Je n'étais pas mort non plus, je crois. Pourtant, brusquement, j'avais cessé d'attendre. Ou plutôt, j'attendais bien encore, mais sans inquiétude, avec résignation. Comme en lévitation. J'étais entré dans la grande sérénité du taureau dans l'arène, lorsqu'il a compris, bien avant de tomber sur les genoux, que l'homme d'or est plus fort que lui. C'était bien fini. Mon recours en grâce avait été rejeté. ZEUS allait passer sur mon cou comme une grande lame biseautée. Dans l'indifférence générale. Ce serait une sale affaire, furtive et honteuse.

Il y avait bien un moyen de contrarier cette exécution sommaire. Il suffisait que je me mette debout, que je marche jusqu'au bord du quai et, au moment où ZEUS, messager du pire, surgirait, que je bascule presque lentement sur les voies. À nouveau, cette tentation de prendre la mort de vitesse en mourant. Ce serait un fait divers. Ce n'est pas grand-chose, un fait divers, mais ce n'est pas rien non plus. Quelques lignes dans les journaux. Une phrase à la radio. À la télévision régionale. Une annonce sur le réseau : « En raison d'un accident grave de voyageur... » Et on est prié d'emprunter des correspondances. Encore du retard, de la fatigue. « Chérie, j'ai assisté au suicide d'un pauvre type, à Nation », « J'ai été le témoin d'une scène affreuse », « Je te dis pas l'horreur ! » Non, c'est vrai, inutile de le dire. De le faire. Je suis resté assis sur mon siège-confessionnal et je n'ai plus esquissé le moindre geste, là, tout au bout de cette journée blanche.

Une question en forme de boule grossissait derrière mes yeux : nous étions-nous embrassés, ce matin, Sandrine et moi, au moment de partir, chacun dans sa voiture ?

Et, deuxième question liée à la précédente : depuis combien de temps faisions-nous voiture à part ? Qu'est-ce qui avait bien pu nous séparer ? Nous couper de l'autre ? Un jour, seulement, il nous avait paru peu commode que je perde du temps à accompagner Sandrine à son travail avant de me rendre au mien. « Peu commode », je crois bien que c'était la formule qui nous était venue. Nous n'y avions pas pris garde. Pourtant, avant cela, être ensemble, justement, se riait de la commodité. Il y avait bien eu une période où ce n'était pas du temps que je perdais, lorsque j'accompagnais Sandrine à son bureau, mais plutôt des minutes que nous chapardions tous les deux.

Le bloc d'attente s'écroula en cailloux de panique devant l'incroyable spectacle de ZEUS jaillissant soudain à l'entrée du quai. Un grand vacarme d'éboulis roula en moi, qui couvrit le grondement du train. J'avais fini par me persuader que cet instant n'arriverait jamais, et nous y étions. Tout allait beaucoup trop vite. Je ne pouvais pas m'empêcher de regarder l'intérieur des voitures de la chenille rouge et bleu qui ralentissait, tout en sachant qu'il n'y avait rien à voir puisque Sandrine ne pouvait sortir que de la troisième. De la porte arrière de la troisième, qui s'arrêterait juste en face de moi. Et les visages mornes des voyageurs me giflaient au passage, derrière les vitres.

C'est alors que se produisit l'improbable. L'impossible. L'inconcevable. Vers l'avant de la deuxième voiture, à moitié cachée par un grand type à blouson jaune, il y a eu Sandrine. Je l'ai vue. Elle était là. Bien sûr, ça n'avait pas de sens qu'elle se trouve à l'avant de la deuxième voiture puisqu'elle ne pouvait être qu'à l'arrière de la troisième. Et surtout, puisqu'elle n'était pas venue à notre rendez-vous. Elle n'avait jamais eu l'intention d'y venir. Je n'avais jamais pensé une seule seconde qu'elle y viendrait. Pourtant, j'ai eu l'illusion de la voir. Je l'ai vue. J'aurais même juré que nos regards s'étaient heurtés, bousculés. Ou accrochés, peut-être. Et, qui sait, qu'ils s'étaient effleurés, caressés. Oui, j'aurais juré qu'elle aussi m'avait vu. Mais en même temps cela ne pouvait pas être. Alors j'ai cru à une hallucination. J'aurais même pu croire à un miracle si ma mère ne les avait pas emportés avec elle, les miracles, dans la terre grasse du cimetière du Soleil.

Elle y croyait pourtant, maman. Elle y a cru longtemps. Dans les derniers temps, elle gémissait de douleur et elle y croyait encore, je m'en souviens. Elle multipliait les promesses à Dieu, pour le cas où il aurait la bonté de la guérir. Mais Dieu sait se montrer inflexible avec les incurables et il ne les guérit jamais. En l'espèce, il y avait pas mal d'ingratitude de la part de Dieu, et il faut bien parler ici de médiocrité, car jusque-là ma mère avait toujours tenu ses promesses. Et toute la famille, qui n'avait pourtant rien promis du tout, les avait tenues avec elle, sans broncher.

Le serment le plus spectaculaire — et le plus injuste pour mon frère et moi, qui n'étions même pas nés à l'époque de cet engagement immodéré — était sans conteste celui qui datait de la guerre. « Mon Dieu, si vous me rendez André sain et sauf, je vous promets que nous ferons un pèlerinage à Lalouvesc, chaque année, avec l'humilité des pauvres, à la date anniversaire de sa démobilisation. » Au retour de mon père, il avait bien fallu honorer le contrat, même si le revenant rechignait un peu et reprochait à ma mère d'avoir abusivement employé le « nous » là où un « je » aurait suffi.

— Tu m'aurais laissée y aller seule ?

Ses lèvres tremblaient. Un peu d'eau glaçait ses yeux. Ses joues pâlissaient, prenaient des tons de nacre. Et elle était jolie. Si jolie.

— Mais non, bien sûr.

Ma mère adorait Dieu et mon père adorait ma mère. C'était un ménage à trois. Tout de même, il se serait bien passé de l'« humilité des pauvres » qui obligeait à laisser la voiture au garage et à escalader la montagne dans le vieux car surchauffé où l'odeur des tartines au pâté et au fromage qui se liquéfiaient au fond des paniers d'osier luttait sans pitié avec celles, plus rances, que distillaient les sièges en grosse toile avec appui-tête en plastique. Nous-mêmes avions préparé des sandwiches, comme les vrais pauvres. « C'est un pèlerinage, pas une sortie touristique », nous répétait maman avec une patience de sainte dès que nous nous risquions, mon frère et moi, à pleurnicher devant les restaurants qui semblaient pourtant avoir reçu toutes les garanties ecclésiastiques requises. À une terrasse, attablé à un guéridon avec un bon sourire gourmand, un mannequin de prêt-à-porter déguisé en saint Régis donnait même l'exemple aux pèlerins. Mon père, lui, ne réclamait rien. À peine grognait-il, en s'épongeant le front : « J'aurais mieux fait de mourir à la guerre. » Et aussitôt il se penchait vers maman pour l'embrasser avant qu'elle n'éclate en sanglots. « Je plaisante », disait-il très vite. Puis il se tournait vers nous, qui traînions un peu les pieds dans l'ascension du sentier de terre qui conduisait à la chapelle miraculeuse, et il nous soufflait, avec un clin d'œil : « Pas tellement. » Un jour, sur ce chemin escarpé, nous avons dépassé un couple qui accomplissait le parcours à genoux, transfiguré par la foi ou par la douleur. Quelques mètres plus haut, j'ai nettement entendu mon père, alors un peu à l'écart, murmurer pour lui seul : « Heureusement qu'elle a dit *comme des pauvres* et pas *comme des cons.* »

Il a sans doute tenu Dieu, son grand rival, pour responsable de notre malheur. En tout cas, une fois achevée la messe d'enterrement, son nom n'a plus jamais été prononcé chez nous. « Elle est au ciel, maman ? » avais-je demandé lors de notre première visite au bord du petit enclos cerné d'une barrière en fer forgé, au cimetière du Soleil. « Non, elle est ici », avait répondu papa avec cette voix de disque rayé qu'il avait maintenant, depuis qu'il marchait si lentement, la tête toujours baissée, comme s'il cherchait quelque chose par terre, devant lui. Il n'amenait ses fils ici qu'un dimanche par mois. Et dès que nous arrivions devant la tombe, il semblait nous oublier totalement. Il restait là, le visage penché vers les fleurs blanches qu'il venait renouveler tous les soirs, vers cinq heures, lorsque la lumière rasante hésitait avant de sombrer derrière la colline, sans doute pour justifier l'appellation du lieu. J'étais alors trop jeune pour être triste, mais pas pour m'ennuyer. J'aurais voulu courir dans les allées, me cacher derrière les stèles, mais il régnait dans cette ville miniature un silence d'église et je sentais confusément que c'eût été mal. Alors, je m'ennuyais. Je m'appliquais à me tenir bien droit, mains jointes devant moi, comme mon frère qui, lui-même, calquait sa posture sur celle de papa. J'attendais le signal du départ. Je me demandais vaguement pourquoi maman ne sortait pas nous embrasser. Je l'imaginais, sous la pierre grise, assise dans un fauteuil, à lire un livre près d'une lampe à abat-jour, ou bien essayant une nouvelle robe, ou encore disant à celle qui remplaçait Sylvie, là-dessous, ce qu'elle voulait manger demain. Elle ne me manquait pas vraiment puisque papa avait dit qu'elle était ici et que, ici, c'était tout de même moins loin que le ciel, mais le soir, parfois, à l'heure du bisou, je me mettais à pleurer sans savoir très bien pourquoi. Au bout d'un moment, mon frère m'entendait et venait se coucher dans mon lit, mais au lieu de me consoler il pleurait aussi. Pourtant, je n'enviais personne parce que, même si maman n'était plus là, le sort des autres enfants était bien pire encore : ils avaient leur mère tout le temps avec eux, et ce n'était pas la mienne.

Ça n'avait pas duré tellement longtemps, au fond. Combien ? Trois ans ? Un peu moins ? Les visites s'étaient espacées, raccourcies. On achetait des fleurs en arrivant et on les déposait sur la dalle pour remplacer celles de la dernière fois, qui étaient toutes racornies, noirâtres, et qu'on allait jeter sur le grand tas de détritus, près de l'entrée, en vitesse, comme pour effacer une preuve.

Et puis il y a eu Madeleine, et nous n'y sommes plus jamais allés, au cimetière du Soleil. Au début, Madeleine venait de temps en temps et repartait toujours le soir. C'était Sylvie qui nous préparait pour la nuit. Et puis, ils se sont mariés, papa et Madeleine, mais à ce moment-là j'avais compris que maman était morte, je crois. Qu'elle n'était pas au ciel, d'accord, mais pas tellement non plus dans le petit enclos du cimetière du Soleil. Qu'elle ne m'attendait nulle part. Que je ne la reverrais jamais. Qu'elle était morte.

Et c'était trop tard pour éprouver vraiment du chagrin. Les larmes me sont restées toute ma vie en travers de la gorge, comme des arêtes de poisson.

Comment, dans ces conditions, ne pas se méfier du merveilleux, ne pas prendre ses distances avec le surnaturel, avec le sacré. Je m'en suis toujours tenu aux faits. Et voilà que Sandrine m'apparaissait, sous les auspices de ZEUS, telle la Vierge de Lourdes, de Fátima, de Guadalupe, telle la créature divine qu'avait vue saint Régis, à Lalouvesc, un jour de fièvre. La Bonne Dame du RER ! Allons ! Je reportai les yeux sur la porte arrière de la troisième voiture. Elle venait de s'ouvrir, juste en face de moi, et aucune Sandrine ne faisait mine de vouloir descendre. De miracle il n'y aurait pas.

Dix-neuf secondes...

Lorsque le train quitte le tunnel et émerge dans les lumières du quai, Sandrine retient son souffle. Elle n'aime pas le rôle qu'elle a choisi de jouer. Elle a un peu honte d'être venue pour ne pas venir. En prenant la deuxième voiture pour voler une image de Gabriel sur le quai. Une image d'attente, d'espoir peut-être. Jamais elle n'aurait dû céder à ce désir malsain. Un désir de voyeuse embusquée derrière une glace sans tain. Elle se cache derrière l'épaule du grand type au blouson jaune qui l'a bousculée pour passer devant elle sans même s'excuser. Mais elle ne lui en veut pas. Au contraire. Il lui rend service.

D'abord, tout va trop vite. Les grands panneaux publicitaires, les distributeurs de boissons, les sièges rouges. Les voyageurs immobiles, surtout. Ils n'ont pas de couleurs, pas d'expression sur le visage. Ce sont des formes droites, posées au petit bonheur, sans souci d'harmonie, comme des statues dans les réserves d'un musée. Des pingouins engourdis, le bec au vent. Puis on ralentit, la publicité se précise et les humains s'humanisent. Ils s'individualisent. Sandrine s'étonne de les découvrir tous si différents. C'est étrange, si l'on y pense, qu'il n'y ait jamais deux personnes identiques dans une foule. Jamais. Même pas dans un lieu comme celui-ci, où il doit bien y avoir des employés calibrés, animés de la même hâte de rentrer dans des appartements standard où ils se fondront dans des familles boudeuses qui se grouperont devant la télévision pour y subir des programmes équivalents les faisant aussi peu réagir. Et cependant, ici, non. Ils se singularisent, telles des empreintes génétiques géantes en tenue de ville.

Sandrine va peut-être passer devant Gabriel sans le voir. Sans le reconnaître. Comme s'ils ne s'étaient pas quittés ce matin mais il y a des années. Il aurait changé. Un soldat retour de guerre : la porte s'ouvre et ce n'est pas celui qu'on espérait. D'ailleurs on n'espérait plus personne. L'absence a pris ses aises. Il n'y a plus de place pour le rescapé. Que faire du souvenir, du deuil, si le disparu réapparaît ? Celui qui peuplait le rêve le tue.

Et tout à coup, c'est lui. Sandrine est presque étonnée d'éprouver cette émotion, cette tendresse. Gabriel est assis, compact, comme s'il cherchait à esquiver un coup. Et en même temps, gracieux, innocent. Un chamois. Un chevreuil sur le qui-vive. Il a entendu un bruit inhabituel et sa vie va peut-être en dépendre. Pour lui, c'est le destin qui entre en gare. Il est seul au monde, fasciné par le train qui fonce sur lui, qui va quitter les rails, dévorer le quai, l'écraser contre le mur.

Sandrine le regarde. Comme il est beau, tout de même. Comme on est beau quand l'essentiel a chassé les pesanteurs du jour. Ce Gabriel qu'elle aime, Sandrine veut le serrer contre elle. Elle va descendre de la rame, courir vers lui et lui dire à l'oreille « Tais-toi, tais-toi » de peur que ne se brise le cristal de la réconciliation.

Mais à la seconde où elle le dépasse, leurs regards se croisent. Un instant, ils se retrouvent face à face comme chaque matin, chaque soir. Comme d'habitude. Sandrine fléchit les genoux, plonge derrière l'épaule jaune, mais elle devine qu'il est trop tard et que Gabriel l'a vue. Ce changement sur son visage. Une sorte de satisfaction triomphante : ainsi elle est venue, elle a baissé pavillon. Elle retourne à la maison. Allons, tout rentre dans l'ordre, pressons-nous, on a perdu assez de temps. La vie va pouvoir reprendre. La vie convenable. La vie molle. Et on n'en parlera plus, c'est promis. Elle n'entendra aucun reproche. Ou alors seulement par allusions.

La Pomponette.

Pas question.

Descendre du train, elle n'en a jamais eu l'intention. Son seul but était de voir cet instant. De vivre cet instant. D'être là. Et elle a été là. Elle a été présente au moment de son absence. Cette vieille envie de lire sa propre chronique nécrologique dans les journaux. Au fond, elle est juste venue se prouver à elle-même qu'elle ne viendrait pas. Et elle en a la confirmation, maintenant, mais ça ne lui suffit pas. Elle voudrait repartir en arrière. Les portes se refermeraient, la rame reculerait en prenant de la vitesse et, juste quand les yeux de Gabriel rencontreraient les siens… Stop !… D'une pression du doigt sur le bouton de la télécommande, l'image se suspendrait et elle contemplerait aussi longtemps qu'elle le jugerait bon cette expression qu'il a eue et qui justifie, à elle seule, son refus de continuer.

Même si sans lui ce sera l'hiver toute l'année, elle en est bien consciente. Même si la vie, la vraie vie, la vie intéressante, s'arrête là. Que demain soit moins beau qu'hier, elle l'accepte. Ce qu'elle refuse, c'est qu'avec Gabriel demain soit moins beau qu'hier.

La panique qui enfle en elle, maintenant, n'a rien à voir avec cette décision. Elle est prise et bien prise. Il n'y a pas à revenir dessus. Non, c'est que, tout à coup, elle n'a plus aucun souvenir. Tout s'est évaporé, comme si elle avait dormi pendant tout ce temps, d'un sommeil de droguée, sans rêve. Même les traits de Gabriel, de Gabriel qu'elle a pourtant bien aperçu il y a quelques secondes à peine, ont disparu. Elle est dans du vide. Dans le vide. Elle frissonne. Elle a peur. Sa mémoire s'est effacée. Elle ne sait pas ce qu'elle fait ici, elle qui déteste le métro. Mais elle a vaguement l'impression qu'il y a là, pas très loin, assis sur le quai, quelqu'un qui peut la sauver. Quelqu'un qui ne demande qu'à la sauver. Mais c'est elle qui ne veut pas qu'il la sauve. Et elle ne sait pas pourquoi.

Dix-huit secondes...

La double porte béante, juste en face de moi, me regardait comme une peinture. Personne ne sortait et personne ne semblait vouloir entrer. Et bientôt un sentiment que je n'avais pas convoqué se répandit en moi comme une eau sale. Ce fut d'abord un mince filet, un goutte-à-goutte presque, puis une digue céda quelque part et j'en fus tout rempli, en même temps que de honte. C'était du soulagement.

Une lâcheté de fin de match. L'envie d'avoir eu raison en craignant le pire. L'ivresse d'avoir perdu. Une attirance vers le bas. Un vertige. Ainsi il n'y aurait pas de retrouvailles, de réconciliation. Nul besoin de mettre les petites preuves d'amour dans les grandes. Nous n'aurions pas à escalader les pentes abruptes de la deuxième chance. Les chemins de crête du rafistolage nous étaient épargnés. Il suffirait de trouver une posture. La mélancolie. La tristesse. Il me restait tant de livres à ouvrir, tant de rues à arpenter, le soir. Il n'était pas certain que l'hiver fût la prochaine saison.

Quoi qu'il arrive, même des douleurs, ce serait neuf. Le printemps, oui.

Pourtant une force mystérieuse m'empêchait de me lever pour partir vers cette possible liberté. Elle m'enjoignait de demeurer là et d'attendre encore. Sandrine n'allait-elle pas apparaître, miraculeusement, à la dernière seconde, à la lisière de la porte, entre l'indifférence du monsieur au journal et l'impatience de la dame à la valise ? Ce serait le bourdonnement du signal de fermeture qui la ferait surgir de nulle part. Ou alors tout se déroulerait comme dans les films en noir et blanc : la rame s'en irait, découvrant le quai opposé où Sandrine me sourirait. Je n'aurais plus qu'à courir vers les escalators, à me précipiter sur l'autre rive, à la prendre dans mes bras. Pour tout recommencer. Derrière nous, sur le mur, nos deux ombres n'en feraient plus qu'une, démesurée. Et cet épilogue serait pour nous un nouveau départ. Comme nous saurions les déjouer, cette fois, les pièges qu'essaierait de nous tendre l'habitude ! Quelle vie sans faute nous aurions, si seulement Sandrine voulait bien apparaître, par magie !

Dix-sept secondes...

Sandrine ne voit plus Gabriel. Il n'y a plus que cette épaule jaune. C'est étrange, tout de même, le comportement de cet homme au blouson qui l'a bousculée comme s'il redoutait de ne pas pouvoir atteindre la porte et qui, maintenant qu'elle est ouverte et qu'il n'aurait qu'un pas à faire, ne sort pas.

Pourtant elle le sent frémissant, prêt à bondir. Il est nerveux. Fou, peut-être. Elle vient de lever les yeux jusqu'à sa nuque. La peau en est trempée de sueur. Sandrine voit même une goutte claire descendre dans le col de la chemise suivant un itinéraire compliqué. Elle pense à ce corps. Aux corps. Au plaisir qu'elle a connu, parfois, avec beaucoup de surprise, sous de parfaits imbéciles. Et à celui que Gabriel ne lui a jamais donné, même s'il a souvent pu croire le contraire.

Dès le début, il s'y est mal pris avec elle. D'abord, elle se laissait faire. Elle attendait un peu que les caresses, les baisers produisent leur effet. Mais rien, jamais, ne venait voiler sa conscience. Alors, avant que le désir lui-même ne s'atomise, elle se mettait en route.

C'est au fond d'elle-même qu'elle allait chercher sa jouissance. Elle la ramenait patiemment à la surface, toute seule, et la glissait entre eux pour faire semblant de la recevoir. Plus tard, dans l'obscurité de la chambre, elle se serrait contre lui. Il dormait. Elle n'était pas vraiment frustrée, puisque du plaisir, finalement, elle en avait eu, mais plutôt étonnée de n'avoir rien perdu, rien dépensé. De n'avoir rien partagé, surtout. D'être restée intacte. Comme vierge.

Mais peut-être, se dit-elle, une passion trop forte aurait-elle calciné toutes les tendresses qu'ils ont si savamment tissées jour après jour jusqu'à n'avoir plus qu'un seul cœur. Chaque fois qu'un homme lui a vraiment procuré du plaisir, elle a eu l'impression de tomber. Elle a eu peur. Elle n'aurait pas voulu éprouver ce genre de sentiment avec Gabriel. Si leur histoire a fini par s'essouffler, par s'épuiser, ça n'a rien à voir avec cette tiédeur. Au contraire, c'est elle qui leur a permis d'inventer leur vie, une vie incomparable. Et qui pourtant, à un moment, s'est retrouvée privée d'air. Pourquoi ?

Seize secondes...

Il s'est avancé tout au bord de la porte. Il a chaud. Il voudrait bondir, courir, hurler peut-être. Oui, c'est cela : s'enfuir en criant. Et puis il a une soudaine et formidable envie de chier, aussi. S'il ne domine pas très vite ce spasme, il se videra au milieu de tout le monde. Une honte de plus.

Mais il ne bouge pas. Il attend, comme on lui a dit d'attendre. En réalité, il ne fait rien, c'est l'ordre qu'il a reçu qui agit à sa place, c'est l'entraînement qu'il reproduit. Depuis ce matin, il n'existe plus. Seuls ses gestes existent. Il ne voit rien, juste sa main posée à plat contre le caoutchouc noir qui borde la porte, tout près du bouton-poussoir, prête à contrarier toute fermeture intempestive. Il regarde ses doigts écartés, sa peau moite. Il est en eau, il sent une goutte de sueur lui chatouiller le cou. Il y a aussi dans son champ de vision le poignet de son blouson jaune et un morceau de manche. Quelle bonne idée, ce blouson jaune, tout de même ! Qui se douterait que c'est un vêtement réversible ? Au bout du couloir, il lui suffira de l'enlever, de le retourner, de le remettre et ce sera un blouson noir qui s'éloignera tranquillement. « Plus on est voyant, moins on est vu. » C'est un des principes du groupe. Une de ces phrases bien sonnantes, qui s'impriment. Parce que c'est incontestable : pour tous ceux qui l'ont croisé, c'est un homme en blouson jaune. Personne ne pourra dire, dès qu'il aura disparu, s'il est grand ou petit, brun ou blond, s'il porte ou non une moustache... Mais le blouson jaune, ça oui, on l'a bien vu. C'est un jeune-homme-à-blouson-jaune ; plus de blouson jaune, plus de jeune homme. Volatilisé. C'est facile. Jamais il n'aurait supposé que ce serait aussi facile.

Et pourtant, il a si chaud de peur, si froid. Jusqu'ici il n'a réfléchi à rien. Il n'a fait qu'agir. Suivre le plan établi. Il a accompli les gestes prévus, appris. Il les avait tant répétés en imagination que ça n'a été rien de plus de les faire pour de bon. Juste une vérification. Mais maintenant c'est différent. Il n'y a plus de gestes à faire. Il suffit d'attendre. Seulement personne ne lui a jamais expliqué comment s'y prendre, pour attendre. L'attente, c'est mou, c'est flou, ça tangue, ça change sans arrêt de couleur, comme le ciel, comme la mer. Ce n'est pas tout jaune ou tout noir, comme les deux côtés d'un blouson. Alors, le flot tiède des pensées commence à se déverser dans sa tête. « Ce qu'il y a de bien, avec toi, c'est que tu ne perds pas ton temps à penser. » Pourtant un tas d'hypothèses l'assaillent. Et si... Et si, au lieu de descendre « à la dernière seconde, c'est entendu ? À la toute dernière seconde », il sautait tout de suite sur le quai ? Ou si, au contraire, il restait dans la rame. Les portes se refermeraient et il serait dedans, avec les autres. Non, là, ça n'irait plus. Encore que... Finalement, quelle importance ? Qu'il descende ou non, le résultat sera le même. Dans les deux cas il l'aura fait. Et c'est ce qu'il voulait : le faire. Réussir enfin quelque chose. « Tu vois bien que je ne rate pas tout, papa, tu le vois bien, maintenant, dis ! » Alors rester, descendre, c'est pareil, non ?

Et puis le signal sonore retentit. Il sort du songe. À nouveau c'est facile. L'action. Il surveille sa main posée au bord de la porte : dès qu'il y aura un frémissement annonçant la fermeture, il s'éjectera et les battants vitrés lui glisseront dans le dos. Il n'aura plus qu'à traverser le quai vers les escalators qui se trouvent juste en face et gagner la rue. « Sans courir, surtout. Sans courir. »

Le bourdonnement s'attarde, s'éternise. Il ne prendra peut-être jamais fin. Ce serait bien s'il ne prenait jamais fin. Si tout s'arrêtait. Si la terre s'immobilisait maintenant. Juste avant.

Quinze secondes...

Sophie se rue dans l'escalier mécanique. Ce qu'elle entend, tout en bas, à droite, c'est le signal de fermeture des portes. Elle a encore une chance d'attraper la rame. Elle veut l'attraper. Elle le doit, presque. Il le faut à tout prix. Elle avale les marches métalliques. Elle lance de loin en loin les mains bien à plat sur les bandeaux noirs, de chaque côté. Elle y prend appui pour se propulser en avant. Le temps d'une demi-seconde, elle décolle. Elle vole. Elle en a mal d'avoir bon.

Si la rame repart sans elle, elle devra moisir ici au moins dix minutes et elle arrivera trop tard à la gare de Lyon. Et elle ne verra pas Ludo. Il ne l'attendra pas, bien sûr, puisqu'il ne sait pas qu'elle vient. Il descendra dans le métro pour changer de gare et rejoindre son autre train, celui qui l'emmènera dans sa caserne, en mangeant un sandwich. En pensant à elle, peut-être. Sûrement.

Si, au moins, il avait pu trouver du travail à Paris, ce serait tellement plus simple. Mais à Paris, du travail, il y en avait pas. Ailleurs non plus. Cet engagement de cinq ans dans l'armée, ça ne sert qu'à les séparer. Et à l'angoisser, aussi. Tous les matins, elle se précipite sur sa radio pour savoir si on n'aurait pas, par hasard, déclaré la guerre à quelqu'un pendant la nuit, juste pour les embêter.

« On n'est pas sérieux quand on a dix-sept ans » ! Alors, quand on n'en a pas tout à fait seize... Pourtant, c'est bien son amour, Ludo. Il a vingt ans passés. Et elle, est-ce qu'elle a vraiment seize ans ? Est-ce qu'elle n'est pas une femme ? Une vraie femme ?

Pourquoi ne la prend-on jamais au sérieux ? Au retour du camp de vacances, la déprime lui est tombée dessus. Surtout à cause de cette histoire d'armée. « Je ne vais pas courir les petits boulots toute ma vie. Ils disent que là-bas je pourrai apprendre un métier. C'est bon pour nous, non ? » Elle aime trop quand il dit « nous », Ludo ! Tout de même, en rentrant ça n'allait pas terrible. Elle n'arrêtait pas de pleurer. Et lorsqu'elle a fini par avouer pourquoi elle pleurait, par tout expliquer, comme pour revivre son bonheur sous les yeux de ses parents, pour leur dévoiler un peu d'elle, avec confiance pour changer, qu'est-ce qui s'est produit ?

Rien ! Pire que rien : l'inverse de quelque chose. Maman a lâché : « Ça te passera », en lui caressant les cheveux ; elle n'a vraiment rien compris, maman, une fois de plus. Comme si ça passait, l'amour ! Surtout qu'elle déteste qu'on lui caresse les cheveux, Sophie. Elle déteste qu'on la touche. Sauf Ludo...

Et papa ! Là alors, il a fait encore plus fort, lui : il

voulait appeler la police et expédier Ludo en prison pour détournement de mineure ! Rien que ça.

Et ils ont voulu savoir « jusqu'où » ils avaient été, Ludo et elle, et ce qu'ils avaient fait et pas fait. Et papa était livide. Sophie a eu envie de lui répondre qu'ils avaient fait ni plus ni moins que ce qu'il fait, lui, avec la boulangère, chaque fois que maman part voir ses parents à Toulouse. Elle l'entend se relever vers trois heures du matin et sortir en douce. C'est l'heure où le boulanger se met à son pétrin en sifflotant. Et ça l'amuse bien, Sophie, que son père s'en aille pétrir la boulangère, toute chaude dans son lit. Enfin, ça l'amuse, pas tant que ça. D'abord à cause de maman qui se retrouve la cocue de la farce. Et tout de même, c'est assez injuste, parce qu'elle n'a pas de métier, maman, elle est uniquement la femme de papa, et donc, cocue, c'est sa seule spécialité, dans la vie. Sa seule qualité, si on veut. D'autant plus que la boulangère est carrément moche avec ses grosses fesses qui tirent sur son fuseau de ski en lamé. Et ensuite à cause de papa lui-même parce que, si elle en croit Anne-Laure, la première de la classe, un papa, c'est un type super qui impressionne et qui rassure en même temps, un gars avec qui, quand on rigole, c'est un peu plus que seulement rigolo. Comme si rien de mal ne pouvait se produire tant qu'il est dans le secteur. Comme si on ne risquait d'avoir ni froid, ni faim, ni peur, quoi qu'il arrive. Comme si, grâce à lui, on conservait le droit de rester une petite fille, même à seize ans. Et même à cinquante. Oui, eh bien, pour savoir où elle se situe par rapport à ce tableau, rien de plus simple : un papa, c'est exactement le contraire de papa. Parce que, pour parler vite et tout bien pesé, papa, c'est un gros con. Pas étonnant, dans ces conditions, qu'il ait fait tout un cinéma de gros con à propos de Ludo. Voilà pourquoi il n'était pas question de demander l'autorisation d'aller gare de Lyon, ce soir, pour accompagner son amoureux jusqu'à la gare de l'Est. Pas plus que de recevoir des lettres à la maison. D'où le système compliqué de l'enveloppe glissée dans une autre enveloppe envoyée à Sabine. Heureusement qu'elle existe, Sabine. Sans elle, elle n'aurait personne au monde à qui parler de son amour. Mais là, elle donne autant de détails qu'elle veut, Sabine en réclame toujours plus. Ce qui l'intrigue surtout, c'est comment ça se passe. Elle écoute, rouge comme un poivron, le front plissé, et puis, le lendemain, elle a tout oublié et elle pose les mêmes questions. Pour qu'elle s'en souvienne, il suffirait tout bonnement qu'elle le fasse, mais avec ses points noirs sur le nez et ses barrettes multicolores bien alignées sur ses cheveux gras, elle va avoir beaucoup de mal à trouver son Ludo.

Peut-elle encore l'attraper, ce train ? Tant que la sonnerie retentit, les portes ne se ferment pas. Justement, Sophie vient de franchir la dernière marche de l'escalier mécanique. À droite, c'est le quai. Voilà, deux enjambées en biais. La rame est bien là. Et, juste en face, les portes ouvertes, à moitié obstruées par un grand type en blouson jaune. La sonnerie s'interrompt. C'est fichu. Mais Sophie fonce quand même, ses pieds sont programmés pour traverser le quai en quelques bonds et ils tiennent à remplir leur mission.

Quatorze secondes...

Je regardais le trou de la porte. Vide de celle que j'aurais voulu y voir apparaître, mais peuplé d'imposteurs indifférents, les mains accrochées aux barres chromées. La femme à la valise se balançait d'un pied sur l'autre. Elle devait se rendre gare de Lyon et sans doute craignait-elle de rater son train. La belle affaire! Moi, je venais de rater ma vie.

Je n'avais encore jamais remarqué cette seconde de suspension, lorsque la sonnerie s'interrompt et que les portes, en coulissant, vont séparer deux mondes. Il se crée alors un silence, une immobilité, comme la réduction de ce que montre la télévision lors des lancements de fusée dans la salle pleine d'ordinateurs du poste de commandement. Dès que l'engin a décollé, tout reprend vie et les statues de sel en chemises blanches à manches retroussées se mettent à crier, à battre des mains, à rire. Ils sont libérés. Il m'a tout à coup semblé qu'il y avait un peu de cette tension, juste avant le départ. Je n'aurais pas été étonné de discerner à travers les vitres s'éloignant déjà vers le tunnel une explosion de joie. Mais, bien sûr, il n'y eut rien de tel. D'ailleurs, les portes restèrent ouvertes. Elles bougèrent à peine, comme si quelque chose entravait le processus. Et c'était sans doute le cas, puisque la sonnerie reprit bientôt.

*

La sonnerie s'interrompt. La porte vibre sous sa main. Il va décrocher. C'est juste à cette seconde qu'il voit la jeune fille, à bout d'effort, le regard égaré, les joues rouges. Elle vient de débouler sous la voûte qui abrite les escalators, juste en face. Et, par pur réflexe, il veut l'aider et contrarie la fermeture, le dos contre le tranchant d'une des portes, le bras tendu vers l'autre. Il joue le grain de sable dans le mécanisme qui se grippe. Il ne sent tout à coup plus de pression. Il a gagné. Décidément, aujourd'hui, le monde entier semble accepter de lui obéir. La sonnerie reprend mais il ne bouge pas. C'est lui qui mène le bal. Il attend la jeune fille qui approche, avec la griserie de l'espoir par-dessus sa panique, et comme de la gentillesse, de la fraternité. Elle plonge sous son bras et pénètre dans la rame sur un ultime coup de reins, telle une nageuse exténuée.

— Merci.

Elle rit. Elle suffoque. Il ne se retourne pas vers elle. Pas le temps de répondre. À nouveau, c'est le silence. Il se jette à son tour en avant, mais vers l'extérieur, et les portes lui effleurent le dos. Il est sur le quai. Déjà le train s'ébranle.

Treize secondes...

Je n'ai pas très bien compris pourquoi, mais dès que la jeune fille est apparue sur le quai, là-bas, à gauche, en face de la deuxième voiture, tout le compte à rebours de fermeture et de départ s'est enrayé, comme si le train venait de tomber amoureux. Comme s'il refusait de démarrer sans elle. Et c'est bien ce qui s'est produit. L'admission de la promise a suffi pour que la machine obstinée se remette en marche.

Et, comme dans les ascenseurs en surcharge, lorsque quelqu'un doit renoncer à faire partie du voyage pour le bien de tous, la rame a craché un voyageur avant de repartir. C'était un échange. Une jeune fille contre un grand dadais en blouson jaune. Il était en train de lire ou de rêvasser et il allait oublier de descendre. Heureusement, le coup de foudre du convoi pour la jeune fille lui avait donné le temps de se ressaisir. L'avait-il remerciée ? Avait-il seulement compris qu'elle lui avait évité d'être emporté contre sa volonté vers la gare de Lyon ?

Je ne l'ai presque pas vue, cette comète. À peine

aperçue. Je n'ai pourtant pas douté une seconde que ce fût une jeune fille. Pas un garçon, ni une femme; encore moins un homme. Malgré son jean, ses grosses chaussures militaires, son blouson de cuir, ses cheveux courts, elle avait cette grâce que rien ne peut entamer, qui dure quelques années, entre quatorze et dix-huit ans, le plus souvent. Avant, ce sont des enfants, ensuite ce sont des femmes, mais pendant cette parenthèse elles sont invincibles, inaltérables. Des sortes de déesses antiques. Ou, pour le moins, des Terriennes privilégiées qui auraient reçu des cieux ce cadeau hors de prix : plaire à tout le monde. Pour les garçons, c'est différent, moins net, plus court. Il n'est même pas certain qu'un tel don existe chez eux. Il leur faut attendre d'être des hommes ; des hommes mûrs, souvent. Alors, parfois, ce charme les effleure brièvement, juste avant que la vieillesse ne les froisse. Mais les jeunes filles...

Peut-être aurions-nous dû avoir un enfant, Sandrine et moi. Peut-être aurions-nous dû avoir cet enfant que nous n'avons pas eu. Elle aurait à peu près cet âge miraculeux. Un peu plus. Mais pas tellement. C'est d'ailleurs surtout pour cette raison — l'âge de Sandrine — que nous avions décidé de ne pas l'avoir, cette fille. Ce garçon ? Non, j'ai toujours pensé que c'était une fille. J'en étais sûr. C'est d'une fille que j'ai fait mon deuil. Je me souviens du soir où elle est rentrée, la mine ravagée, et où elle a seulement dit, très bas : « Voilà, c'est terminé. J'aimerais qu'on n'en parle plus jamais. Je vais me coucher. Ne viens pas tout de suite, attends que je dorme. » Et on n'en a plus parlé. Jamais.

Chaque fois qu'un sujet de conversation nous faisait caboter près de cette côte-là, Sandrine me regardait avec une dureté dont je ne la croyais pas capable. Étonné, je battais en retraite devant les exigences de cette inconnue. Pourtant, il me semble qu'il restait beaucoup à dire sur cet accident de vie. Qu'il y avait quelque chose à panser, à soigner. Comme une plaie à nettoyer. Qui sait, même, si notre naufrage n'avait pas commencé ce jour-là ? Si ce qui nous écrasait aujourd'hui n'était pas la somme de nos silences forcés ?

Oui, c'était bien une jeune fille que le train emportait après avoir lâché l'homme au blouson jaune, comme un cargo dégaze en mer.

Le blouson s'en allait lentement, le dos droit. Il traversait le quai en biais, pour gagner la voûte précédée du panneau lumineux de sortie, tout à l'avant. Il aurait dû paraître soulagé, délivré, mais il avait l'air courbatu, contraint. Il avançait presque avec peine, les jambes raides. On aurait dit qu'il comptait ses pas, qu'il se retenait pour ne pas courir.

Douze secondes...

Sophie essaie de reprendre son souffle. Elle aimerait éclater de rire, aussi. Et remercier son sauveur. Mais il n'est plus là. Elle voit juste son dos tout jaune s'éloigner sur le quai, large comme un soleil d'hiver. Elle cherche autour d'elle quelqu'un avec qui partager son rire quand même, ou sa gêne peut-être, sa petite honte de s'être donnée en spectacle, d'être hors d'haleine, d'avoir eu tant de chance.

Juste à côté, il y a une dame plus tellement jeune. Elle rentre la tête dans les épaules et baisse les yeux. On dirait qu'elle regrette d'être ici ou qu'elle a peur qu'on la reconnaisse ou les deux. En tout cas elle ne semble pas portée sur le rire, la dame. Elle aurait plutôt du chagrin à revendre. Sophie se dit que peut-être son Ludo à elle l'a laissé tomber et que, à son âge, avec sa figure qui vire à la pomme cuite... Même si on peut imaginer qu'elle a été jolie... Même si on admet qu'elle l'est encore, d'une certaine manière, dans sa catégorie — la catégorie qui aurait eu Sophie sur le tard, autour de la quarantaine ; plutôt après. Ou alors très tôt et elle serait grand-mère — une jeune grand-mère, mais une grand-mère tout de même. Quoi qu'il en soit, maintenant, un Ludo de perdu, ce n'est pas automatiquement dix de retrouvés. De toute façon, elle pourrait bien avoir vingt ans de moins, ou même vingt ans tout court, des Ludo, il n'y en aurait pas dix, parce qu'il n'en existe qu'un seul exemplaire et c'est celui de Sophie.

Elle se retourne, toujours haletante : assis sur un des strapontins, contre la vitre, au fond, au-delà d'un dos bordeaux, un type un peu chauve à lunettes lui renvoie gentiment son rire. Sans arrière-pensée, on dirait. Pas le genre à reluquer les filles. Il a dans le regard une douceur lasse d'instituteur, de curé, de médecin. Non, plutôt le genre qui a vu tant de misères qu'il a fini par se persuader que le mieux, pour respirer un peu, c'est encore d'aimer les gens. Comme si elle se sentait brusquement dédouanée, encouragée, Sophie, cette fois, éclate carrément de rire. Lui aussi, presque. Ils partagent quelque chose qui plaît bien à Sophie, et qui n'est pas si fréquent entre les jeunes filles et les types qui ont des poils dans les oreilles : quelque chose de tout propre.

*

Devant le visage hilare de la petite, Emmanuel se met à rire lui aussi. Elle est jolie, avec sa peau d'enfant. Un peu plus jeune que celles qu'il côtoie tous les jours, mais pas tellement. Enfin, il n'en sait rien.

Il a beaucoup de mal à classer les adolescents avec précision entre quatorze et dix-neuf ans. Comme si, au sortir de l'enfance, ils basculaient tous d'un bloc dans un âge commun. C'est à cause de cette dureté qu'ils ont aujourd'hui, indépendamment de leur milieu social, de l'entente de leurs parents, de leurs expériences intimes. Pendant quelque temps, après qu'ils ont quitté les rêves des premières années et qu'ils échappent encore aux illusions auxquelles les adultes sont bien obligés de se raccrocher pour survivre, ils sont durs, tout droits, héroïques, pourrait-on dire. Ils font bravement face à un avenir menaçant, désespérant, désespéré. Emmanuel les trouve admirables. Surtout les filles. Avec leur brutalité, leur intransigeance. Dans tout ce qui, chez elles, irrite la plupart des gens, il sent de la force, de la liberté, la possibilité qu'un jour, peut-être, l'humanité change. S'il aimait les femmes, il choisirait ses partenaires dans cette tranche d'âge. Et cette pensée le fait rire encore plus : s'il n'était pas homosexuel, il serait pédophile ! Décidément, Dieu a dû se tromper quelque part quand il l'a fabriqué. À moins qu'il ne se soit trompé quand il a créé le monde et son impitoyable chasse à la différence. Mais il ne se plaint pas. Quand on enseigne le français à la faculté de Vincennes, il n'y a aucun danger à appartenir à une minorité. Ni risque ni gêne. Au contraire, il a remarqué que certains de ses collègues affichent devant lui une bienveillance, une sorte de solidarité mâtinée d'apitoiement, un petit air protecteur qui le mettent parfois mal à l'aise.

On l'aime bien et on compatit. Ou alors on l'aime bien pour montrer qu'on a les idées larges, qu'on est vraiment chouette.

Il prend comme un cadeau ce qu'il vient de partager avec la jeune fille à bout de souffle, avec ses pommettes enfiévrées et son regard conquérant. Une récréation. Quelques secondes de vraie intimité, entre eux, que personne ne pourra jamais analyser, jamais juger. Quand on vous repousse vers les marges, vous revendiquez l'impossible, c'est inévitable : vous voulez être vu mais ne supportez pas d'être regardé. Vous refusez d'être évalué, critiqué, disséqué. Vous voulez être comme les gens dits normaux et, en même temps, vous vous sentez responsable devant toute la communauté dont vous vous réclamez. Emmanuel, par exemple, est très tolérant. Il est même réputé pour son ouverture d'esprit. Mais il se demande parfois si ce n'est pas chez lui une attitude un peu forcée. Comme s'il désirait qu'on le trouve exemplaire. Est-il si sûr, dans le fond, de ne pas être un peu raciste ? Un brin misogyne ? Et, s'il n'est décidément ni l'un ni l'autre, ne faudrait-il pas considérer cette lacune comme pathologique ? Il sent chez lui, parfois, une carence en haine. Car c'est reposant, la haine, c'est naturel, c'est la plus grande pente. Comment expliquer, sinon, qu'elle soit si répandue ? Emmanuel ne hait personne. Cela ne veut pas dire qu'il a de la sympathie pour tout le monde, mais enfin, il y a de quoi s'inquiéter. Même les cons, qui sont pourtant légion et qui, en se groupant, pourraient aisément se défendre, il ne parvient pas à les haïr. Il les plaint. Ou plus exactement, il les ignore. Ça le console : les ignorer, personne ne peut nier que c'est en quelque sorte les mépriser. Et le mépris, n'est-ce pas la haine du sage ?

Onze secondes...

Les muscles de Sophie se détendent. Son sang s'est remis à circuler. Elle aspire à pleins poumons l'air vicié de la rame. Elle adore cette atmosphère si particulière du métro. Là, elle est dans le ventre de Paris. Au lycée, l'an dernier, elle a étudié un roman d'Émile Zola, *Le Ventre de Paris*. Elle a été très étonnée, et d'ailleurs déçue, que le décor en soit les halles et non le métro. Encore que, lorsqu'elle se promène dans les couloirs du Forum des Halles, tout en bas surtout, elle soit dans son élément aussi.

Sophie aime Paris comme un paysan aime son champ. Il lui arrive souvent de prendre un des rares bus à plate-forme uniquement pour éprouver la sensation de sillonner les rues. Ses rues, sa ville. Et elle s'émerveille alors : « Je suis née ici, je vis ici, je me balade à cet endroit en ce moment ! »

Toute à son soulagement, à sa joie, à son Ludo, bientôt, elle n'a pas pensé à se tenir à la barre. La secousse du départ la projette brutalement contre la veste bordeaux. Elle s'agrippe une seconde à la manche de tweed avant d'assurer son équilibre et de refermer les doigts sur le chrome froid.

— Pardon.

Il a baissé le visage vers elle. Il la toise brièvement avant de se détourner en grognant. Encore un qui déteste les jeunes. Ou les blousons de cuir. Ou les jeunes en blouson de cuir. Mais Sophie s'en fout, de ce grand type renfrogné et de ses détestations. Elle se sent bien. Elle a juste un peu chaud, mais ça va passer.

Dix secondes...

Gilbert ne veut rien partager avec cette petite conne qui vient de le bousculer en lui écrasant le pied et en lui tirant sa manche de veste. Elle lui a dit « pardon », mais ça n'a pas l'air de l'empêcher de bien s'amuser. C'est sans doute le dernier truc à la mode. On agresse les gens et, ensuite, on s'excuse en se marrant.

Il aurait dû prendre sa voiture.

Chaque fois qu'il va là-bas, il se fait la même réflexion, et pourtant il sait bien qu'il n'est pas en état de conduire. Trop nerveux. Et au retour, ce n'est pas mieux : vidé, dégoûté. Il ne faut surtout pas qu'il pense à après sinon il va rebrousser chemin, mais ce sera pour repartir presque aussitôt, évidemment, parce qu'il faut qu'il y aille. Il le faut. Alors, il a le droit de penser à tout, sauf à après.

Il n'a qu'à penser aux gens qui l'entourent, par exemple. À la petite conne, mais aussi bien à la grande endive livide en blouson jaune qui l'a bousculé, lui aussi, tout à l'heure. Comme s'ils s'étaient tous ligués contre lui, aujourd'hui. Ou encore à la femme triste qui se trouve maintenant dans son dos, mais qu'il a remarquée quand elle est montée, qu'il a détaillée, même. Pas mal. Bien brune comme il les aime, avec une ombre au-dessus de la lèvre. Un autre jour, il se serait livré à son petit jeu favori, mais là, il faut qu'il reste concentré. Il ne doit pas se disperser.

Son petit jeu ne cause de tort à personne. Il le pratique depuis un sacré bout de temps. Dès qu'il voit une femme qui lui plaît, il la fixe et imagine que, s'il claque des doigts, le monde va se figer. Il sera le seul à pouvoir encore bouger. Alors, il s'approchera de l'élue, sans se presser, pour profiter de l'avant, du bientôt, de la promesse. Il lui relèvera sa jupe jusqu'à la taille, lui fera glisser sa culotte sur les chevilles et il la regardera comme il voudra. Aussi longtemps qu'il voudra. Le moindre poil, la cicatrice la plus discrète, le grain de la peau. Il ne la touchera pas, non, il a horreur de ça, jamais de sa vie il n'a caressé une femme, mais il lui écartera les genoux. Il scrutera son visage, aussi ; l'expression de ses traits arrêtée sur une pensée banale, insignifiante. Ce sera surtout ce décalage qui l'excitera tant : cette femme exposée, troussée en public, et un visage rêveur. Sévère, peut-être. Puis il rajustera soigneusement les vêtements de la belle et, après qu'il aura à nouveau claqué des doigts, la vie reprendra pour tout le monde. Alors, il regardera sa proie, encore et encore. En sachant.

Lorsqu'il était jeune, ces audaces virtuelles le jetaient dans un tel trouble qu'il devait se précipiter dans les toilettes du premier café pour se soulager. Maintenant, il est plus calme. Il arrive à engranger les images, à les archiver. Il a ainsi tout un album mental de femmes brunes loin de se douter qu'on vient de les outrager.

C'est une brune aussi qu'il a choisie pour la séance d'aujourd'hui. Hier, il est allé en repérage, comme ils disent au cinéma. Il a garé sa voiture au grand parking, sous la place des Saints-Innocents et il a marché jusqu'à la rue Saint-Denis. Là, il a visité toutes les boutiques aux néons, depuis le bas de la rue jusqu'au boulevard, en haut. Et il a étudié les photos des filles. Il a pris son temps. Il s'agissait d'en trouver une qui ressemble un peu à l'une des pensionnaires de l'album, justement, pour l'en éliminer. Pour qu'elle laisse sa place à une autre. Il en a sélectionné cinq qui lui convenaient mais, parmi elles, il y en avait deux qu'il avait déjà vues, qu'il gardait même bien en mémoire. Très bien. C'est trop tôt pour les reprendre. Elles le dégoûtent encore. Elles lui font honte. Il en restait donc trois. Il a eu du mal à se décider. Surtout qu'elles travaillaient loin les unes des autres. Il a arpenté le quartier pendant plus d'une heure. Puis il a tranché, en regrettant déjà un peu les deux recalées. Il allait les inscrire sur sa liste d'attente; il a, comme toujours, éprouvé une petite satisfaction secrète à l'idée d'avoir, pour ainsi dire, des réserves. Une satisfaction d'écureuil.

Il a longuement examiné les photos de Vanessa. Elle devait s'appeler Chantal ou Marie-Claude, mais c'était le nom qui figurait sur le descriptif, entre les polaroids. Derrière le comptoir, le caissier au physique de catcheur s'est bientôt impatienté. Mais pas trop. Ces brutes sont également physionomistes. Ils savent faire la différence entre les clients qui hésitent et les passants entrés là pour se rincer l'œil.

— Une cabine, monsieur ?

Gilbert s'est penché en avant et a murmuré d'une voix qui lui a semblé résonner jusque dans la rue :

— Elle sera là demain, Vanessa ?

L'autre l'a jaugé. C'est là qu'il s'agit d'être psychologue. De deviner si le chaland a vraiment l'intention de revenir le lendemain parce qu'il ne peut pas rester aujourd'hui, et que ça ne servirait à rien de l'éperonner ; ou s'il a seulement la frousse de s'engager. Si c'est le cas, il faut le coincer, le forcer à sauter le pas, le malmener un peu si nécessaire, le menacer. La plupart des voyeurs ont peur des femmes, de ce qu'il y a de réel chez elles, la densité de leur corps, la température de leur peau, leurs odeurs. Leur jugement, aussi. Ce qui danse au fond de leurs yeux. Précisément ce qui attire les hommes « normaux ». Parce que ce sont des tordus, les mateurs, bien sûr. Tous. Plus ou moins, mais tous. En fait, s'ils ont peur des femmes, c'est le plus souvent parce qu'ils ont peur tout court. Peur des autres, peur de la vie, peur de ne pas être à la hauteur. C'est d'ailleurs ce qui les rend agressifs, dangereux. Des connards.

Alors le malabar a observé tranquillement Gilbert, comme on feuillette un dictionnaire de médecine, et il a posé son diagnostic : ce trou du cul voulait réellement savoir si Vanessa serait là demain parce que quelque chose l'empêchait de rester à se branler derrière sa vitre aujourd'hui. Et il reviendrait demain, la bite à la main.

— Elle est là tous les jours, Vanessa. Elle bosse bien.

— En fin d'après-midi ?

— Après-midi et soir, tous les jours sauf le dimanche. C'est une très bonne.

— Merci.

Gilbert a rejoint sa voiture au parking et il a commencé à penser à Vanessa. Depuis, il l'a eue sans arrêt devant les yeux. Elle se prélasse dans sa rêverie. Il se sent totalement fermé à tout ce qui n'est pas elle. C'est pour cette raison qu'il s'est refusé à jouer avec la brune, là, tout à l'heure. Il anticipe, mot pour mot, seconde après seconde, la séance qui aura lieu dans moins d'une heure, maintenant. Il s'enfonce voluptueusement dans la liturgie qu'il invente.

Neuf secondes...

La rame s'enfonçait dans le tunnel, à gauche, comme une lame dans son fourreau. Ou dans un corps. Dans mon cœur. J'ai réellement ressenti le coup de poignard au côté et, en même temps, je me suis presque esclaffé à l'évocation de ce cliché de mauvais roman — de romance ferroviaire, justement — qui s'attardait dans mon esprit.

Heureusement que Sandrine n'était pas venue ; elle m'aurait surpris au plus bas de moi-même. « Très original », aurait-elle dit. Nous nous appliquions, elle et moi, à débusquer les banalités, les lieux communs. Encore un petit bout d'irrémédiable. En admettant que je rencontre quelqu'un très bientôt ; que nous décidions de faire du chemin ensemble ; que nous avancions du même pas... Combien de temps faudrait-il pour rebâtir une complicité comme la nôtre ? Combien de chances avais-je de trouver une femme qui, au cours des jours sans sexe qui sont tellement plus nombreux que les autres, à nos âges, s'amuserait des mêmes travers de l'humanité que moi, s'arrêterait devant les mêmes paysages, les mêmes vitrines, partagerait mes indignations, mes colères ? Une femme qui saurait, au cinéma, sans avoir besoin de me regarder, que je pleure et qui me prendrait la main dans le noir, comme pour me murmurer qu'il n'y a pas de honte à ça ? Une femme qui ne s'enfermerait pas à double tour dans la salle de bains, qui pourrait s'habiller devant moi, avec qui je bavarderais en me rasant ? J'avais l'impression que la baisse de vigilance qui nous avait fait verser dans le fossé, Sandrine et moi, dépassait l'anecdote, l'incident, l'accident même. Que ce n'était pas seulement la fin de notre histoire. Qu'en réalité, c'était la fin de tout.

Dans l'immédiat, ma plus grande envie, bien sûr, était de regagner l'appartement puisque c'était impossible. Notre pacte m'obligeait à rester à distance. Je me voyais frappé d'une de ces « mesures d'éloignement » que la Justice impose aux maris violents. Mais violent, je ne l'étais pas. Et mari non plus. Si l'on cherchait les aspects positifs de cette catastrophe, c'en était un ; il n'y aurait pas de divorce, pas de procédure. Chacun retournait à la case départ, c'était bien ce qu'on avait dit. Mais départ pour où ?

Je n'arrivais pas à me lever. D'ailleurs rien ne me pressait. J'avais déjà décidé que je ne rentrerais pas ce soir, même tard. J'irais dormir à l'hôtel et ne passerais à la maison qu'au matin, pour me changer avant de me rendre au bureau. Alors, j'essaierais de ne pas voir autour de moi tous les trous dans la bibliothèque, dans les placards, parmi les objets que nous avions disposés çà et là, au fil des ans, justement pour nous faire croire à une durée.

Je me mis à imaginer Sandrine, seule au milieu du chaos qu'impliquait son déménagement. Les cartons. Nombreux et petits puisqu'elle n'avait pas voulu que je l'aide. Elle allait multiplier les allers et retours jusqu'à sa voiture et peut-être jusque chez Jacqueline, où elle s'était résolue à reprendre souffle avant de choisir son demain et, pour cela, de trouver un lieu à elle. Jacqueline avait accepté — proposé ? — de l'accueillir avec une spontanéité que je m'autorisais à assimiler à de l'empressement. Qu'est-ce que j'avais bien pu faire à Jacqueline pour qu'elle vînt apporter des solutions à nos problèmes ? Un instant, je me suis surpris à presque regretter de manquer de cette vanité d'homme qui m'aurait incité à me demander ce que je n'avais pas fait à Jacqueline pour qu'elle se conduise ainsi.

Toute une soirée commençait pour moi que je ne savais comment remplir. Comment tuer.

J'aurais voulu me convaincre que tout cela n'était pas si grave, que j'avais connu d'autres périodes de solitude, que d'autres histoires d'amour s'étaient effritées que j'avais crues éternelles. Ce qui me hantait, c'était l'intuition, la quasi-certitude que Sandrine était ma dernière compagne. Je me dis que ce pressentiment m'avertissait peut-être que j'allais passer sous un camion en sortant de la station, que je recevrais un coup mortel au plexus au cours d'une rixe à laquelle je ne serais même pas mêlé dans un quelconque bistrot de nuit où m'auraient poussé mes insomnies, que j'aurais le crâne arraché par une balle blindée destinée à des convoyeurs de fond dont le fourgon ronronnerait, en attente, dans la rue de l'hôtel que je viendrais d'élire pour baptiser ma vie de garçon.

À l'évocation de tous ces périls pas si fantaisistes, l'idée me traversa que c'était peut-être une solution. Un dénouement honorable. Pourquoi, après tout, ne pas en rester là ? Si l'avenir menaçait de ne pas tenir les promesses du passé, était-il vraiment utile de continuer ? Et en quoi consistaient-elles, au juste, ces promesses ? Ne faisais-je pas trop grand cas de mon existence ?

Je décidai, avec un petit frisson de gourmandise, de redoubler désormais d'imprudence.

Huit secondes...

Sandrine a la tête qui tourne. Le mur gris du tunnel défile de plus en plus vite et chaque lumière de service la blesse, comme une gifle, une griffure tout près de l'œil. Pour que cesse cette petite torture, il suffirait qu'elle se retourne vers l'intérieur de la rame, mais l'énergie lui manque. Elle a l'impression que ce sont ses yeux qui la tiennent debout. Que si elle les fermait, elle s'écroulerait. Elle n'a pas d'autre choix que de continuer à regarder dehors, à travers la vitre malpropre, peut-être pour y chercher Gabriel. Elle fixe son reflet qui sautille comme un vieux film burlesque. D'ailleurs elle a l'impassibilité de Buster Keaton. Oui, ce qu'elle voit, c'est une comédie muette du début du siècle dont on aurait coupé tous les gags.

Jamais elle n'aurait dû venir.

Ou alors, il aurait fallu capituler, descendre sur le quai, se précipiter vers lui, faire semblant d'aimer à nouveau, d'aimer encore, d'aimer.

D'ailleurs, qu'est-ce que c'était, il y a quelques secondes, ce brusque pincement au cœur lorsqu'elle l'a aperçu là-bas, dans sa case rouge le long du mur ? Ce soudain malaise ? Ce sanglot réprimé ? Elle a dû bien vite se retrancher derrière l'épaule jaune du blouson. Elle ne pouvait pas supporter l'image de Gabriel, elle ne pouvait pas.

Il avait une fois de plus cet air mi-désolé mi-inquiet qui ne le quitte jamais dès qu'il se croit seul et qu'il ne juge plus nécessaire de convoquer la mine désinvolte que tout le monde lui connaît. Et pourtant, vu d'aussi loin, sous cet angle, il semblait avoir retrouvé une bonne partie de sa séduction de jeune homme que le temps avait si consciencieusement rabotée. Comme s'il y avait mis du sien et comblé une portion du gouffre qui s'était sournoisement ouvert entre eux.

Bien sûr, il y a eu un début, une origine. Une cause au gâchis. Mais c'était un simple accroc. Presque rien. Et qui s'est agrandi à coups de silence. À coups d'oubli. Ils n'en ont plus jamais parlé. C'est elle qui l'a prié de ne plus jamais en parler. Elle lui en a voulu. C'était injuste, elle le sait bien, mais elle lui en a voulu. Et elle lui en veut encore. Ça n'aurait rien changé car, au fond d'elle sa décision était prise, elle ne souhaitait pas garder l'enfant. Mais elle aurait tant aimé qu'il le souhaite, lui, qu'elle soit obligée de le convaincre. Et il avait dit : « J'accepterai ta décision, quelle qu'elle soit. » C'était pire qu'un refus. Elle pouvait avorter ou ne pas avorter, pour lui c'était pareil. Il s'en fichait. Elle était enceinte de Ponce Pilate. En rentrant de l'hôpital, elle a cru ne plus jamais pouvoir le toucher, lui parler, le regarder. Et, d'une certaine manière, c'est ce qui s'est produit. Depuis ce jour-là, chaque problème a aggravé la déchirure et les bons moments n'ont rien raccommodé du tout. Depuis ce jour-là, elle attend la fin. Et c'est ce soir.

Mais voilà que Sandrine emporte l'image de Gabriel enveloppée dans un remords. Et si tout était sa faute à elle ? N'a-t-elle pas demandé l'impossible comme un dû ? N'a-t-elle pas considéré comme de la lâcheté ce qui était chez lui de la tolérance, de la générosité ? De l'amour ? Mais non ! Pourquoi aurait-elle eu si mal, alors ? Et pendant tant d'années ? La vérité, c'est que Gabriel l'a déçue, dans cette circonstance. Rien de pire ne pouvait leur arriver. Elle voudrait avoir une mauvaise action, un manquement, une tricherie à lui reprocher. Mais non. Une sorte de tache visqueuse s'est élargie sur leur histoire, millimètre par millimètre. Elle a tout souillé. Tout contaminé. C'est irréparable. Il n'y a rien à dire, rien à faire.

Et pourtant, c'est au milieu de ce constat qu'elle prend sa résolution : elle descendra à Gare-de-Lyon, reviendra à Nation par le premier train, attendra sur le quai que la rame reparte. Alors, elle regardera sur l'autre rive. Si Gabriel est là, elle lui fera signe, courra dans les escaliers, dans les couloirs, le rejoindra, le serrera et le gardera pour toujours. Pour toujours.

Même s'il est déjà reparti, elle...

Mais il sera là. Il faut qu'il soit là. Il lui doit d'être là.

Maintenant elle est impatiente. Si ce métro ne va pas plus vite, il finira par briser son couple. Elle soupire, exaspérée, et se retourne vers les autres voyageurs. Elle avait imaginé qu'il y aurait une foule, à cette heure-là, mais non, on peut bouger, faire un pas à droite, à gauche, sans heurter un coude, une hanche. Un peu plus, il n'y aurait eu aucun détenteur de blouson jaune derrière l'épaule de qui se cacher. Elle se retrouve en face d'un homme assez élégant, en veste de tweed bordeaux. Pas le genre à utiliser les transports en commun. Il a le visage fermé et semble entièrement réfugié en lui-même, comme un comédien qui se récite intérieurement un rôle. D'ailleurs ses lèvres remuent un peu, en silence, et il a les yeux baissés, presque clos.

Sandrine s'écarte vivement, car elle ressent sans la moindre raison une répulsion pour ce voyageur qui ne la regarde même pas. Comme s'il menaçait de se jeter sur elle et de lui arracher ses vêtements. Elle ne saurait dire d'où lui vient cette impression insensée. Pourtant elle est bien réelle. Physique, même. Il est vêtu avec goût, presque avec recherche ; il est soigné ; il doit être cultivé. Peut-être n'est-ce pas un rôle qu'il marmonne mais une action de grâces ? Rien n'exclut que ce soit un doux illuminé. Un prélat ? Un saint ? Sandrine essaie de se raisonner, mais elle frissonne comme si elle frôlait un fauve.

Tout près, la jeune fille qui a surgi *in extremis* dans la rame reprend son souffle. Les joues enflammées par son effort, elle partage un rire nerveux avec un homme un peu gras, assis au coin, un cartable de cuir brun sur les genoux. Sur le strapontin, en face, de l'autre côté du sac de sport bleu posé entre la porte qui sert de fond à leur petit théâtre et une des barres centrales, une femme très pâle regarde dehors, comme Sandrine tout à l'heure. De ce bord-là non plus il n'y a rien à voir, que le mur grisâtre ; et les ampoules nues qui, avec l'accélération, se muent en une seule lumière discontinue. Un phare. Sandrine se dit que si au moins un quart d'heure séparait deux stations, fixer son attention sur ce flash régulier pourrait bien vous endormir, vous hypnotiser. Rien d'étonnant, dans ces conditions, à ce que la femme pâle paraisse absente.

Sept secondes...

Christelle a tourné les yeux vers la vitre. Elle a un peu regardé le gris charbonneux de la voûte, les petites ampoules de loin en loin, comme des têtes de naufragés ; mais maintenant elle ne voit plus rien. Elle flotte entre deux lieux. Entre deux hommes. Entre deux vies.

Ces trajets, tous les jours, l'épuisent. Il faudrait qu'elle parvienne à convaincre Francis de déménager. Mais il est ancré là. Comme s'il avait passé un pacte avec la petite maison où ils ont été heureux : ils descendraient là, jusqu'au bas de leur vie en pente, agrippés l'un à l'autre, sans se plaindre, et alors une seconde chance se présenterait qu'ils sauraient saisir et l'existence repartirait. Ce qu'il refuse de comprendre, Francis, c'est qu'elle ne repartira jamais, leur existence. Pour la bonne raison qu'elle ne s'est jamais arrêtée. Elle est devenue merdique, c'est tout.

Francis a tout raté, tout. Il n'a réussi qu'à tourner pochetron. Et encore pas vraiment. Quand il a bu et qu'ils se disputent, elle le voit qui avance sur elle, la main levée. Elle aimerait se sentir soudain paralysée de terreur. Qu'il la frappe! Qu'il la frappe donc jusqu'au sang! Pour avoir honte, après. Pour que pareille situation ne se reproduise plus. Ou alors qu'il la tue, oui, qu'il la tue! Et qu'il peigne ensuite son remords, son chagrin. Ou mieux encore : que ce soit elle qui le tue, pour pouvoir enfin recommencer à l'aimer.

Mais elle n'a pas peur, parce qu'elle sait qu'il ne la touchera pas. Il ne la frappe jamais; il bat en retraite, va s'asseoir dans un coin et se met à pleurer. Sans doute espère-t-il alors qu'elle va s'approcher de lui, comme il y a quelque temps encore, prendre sa tête contre son ventre chaud et lui caresser les cheveux. Mais cela aussi, c'est fini. Elle n'a plus l'élan. Elle ne veut plus l'avoir. Elle ne peut plus l'avoir. Elle a perdu toute confiance en lui. Pas en son talent, non, mais en son aptitude à utiliser son talent pour créer quelque chose.

Elle n'a jamais sérieusement cru qu'il deviendrait un jour un peintre célèbre. Là-dessus, elle n'est pas déçue. Mais un grand peintre, ça oui, elle y a cru. Elle y croit encore, parfois, par brefs éclairs. Alors, elle a tout accepté. Elle a bien voulu qu'ils s'installent dans cette triste banlieue nord parce qu'on pouvait aménager les combles de la vilaine petite maison en atelier. Elle n'a jamais éprouvé un quelconque ressentiment à être la seule à travailler au-dehors puisqu'il fallait bien gagner de l'argent pour vivre et que Francis travaillait lui aussi, à se bagarrer toute la journée avec les couleurs, avec les formes. Et même la distance à parcourir, matin et soir, depuis deux ans, avec ce nouvel emploi, Christelle n'y verrait pas d'inconvénient si c'était pour aider une œuvre à exister. Mais elle y croit de moins en moins, à l'œuvre de Francis. Elle croit de moins en moins à Francis. Elle l'aime de moins en moins. Elle pourra même dire qu'elle ne l'aime plus du tout dès qu'elle sera certaine que cette sorte d'attendrissement qui la ramène toujours vers lui n'est pas autre chose que de la pitié. Déjà il ne l'amuse plus. Ses pitreries tombent à plat. Ses vieilles routines, comme cette phrase qu'il répète à vide, chaque fois qu'elle lui fait remarquer qu'il boit trop : « Chassez le Jack Daniel's, il revient au goulot. » Elle se demande comment, un jour, dans une autre vie, elle a pu rire de ces âneries. Aujourd'hui, entre eux, tout se gomme, tout s'estompe. Bientôt il ne restera plus que du nul.

Et puis, maintenant, il y a Gérard. Ça complique la situation. Ça la fausse, surtout. Ça réduit les chances de Francis de manière injuste, pense Christelle. Non qu'elle se sente coupable ou quoi que ce soit de ce genre. Elle est normale. Il lui faut un homme de temps en temps, sinon elle a des migraines, des vertiges. Alors, depuis que tout s'est éteint entre Francis et elle, depuis que le soir, dans leur lit, sans même parler de faire l'amour, ils ne se serrent même plus l'un contre l'autre comme des enfants jetés dans une cave obscure, elle en a connu quelques-uns, des hommes. Une petite armée de crétins satisfaits qui ont cru la conquérir alors que c'est elle qui, chaque fois, a décidé de tout. Ça n'a rien à voir avec la tendresse, ni même avec le plaisir. Heureusement d'ailleurs, parce que le plaisir qu'ils donnent, c'est très loin d'être ce qu'ils imaginent ;

quant à la tendresse, il n'en est pas question, bien sûr; elle est pour Francis, la tendresse. Non, c'est de l'hygiène. Christelle comprend très bien que certains hommes regrettent la disparition des bordels, elle qui rêve d'amants sur catalogue.

Mais voilà, il y a Gérard. Un accident sentimental. Une paresse dans les jambes qui l'a prise dès la première fois et qui l'a retenue contre lui, après. Il n'y avait pourtant rien d'inoubliable dans ce qui venait de se passer. C'était bien, sans plus. Un minimum. Mais quelque chose avait eu lieu qui n'avait aucun rapport, justement, avec ce qui venait de se passer. Elle se souvient avoir eu très peur qu'il dise un truc déplacé. Une de ces phrases bêtes à grincer des dents qu'ils sortent tous, après, quand l'idée les effleure qu'ils ne se sont peut-être pas montrés très brillants. Mais Gérard n'a rien dit. Il s'est contenté de se remettre lentement sur le dos. Il a regardé le plafond, et il n'a plus bougé. Au bout d'un moment, Christelle s'est relevée sur un coude pour voir s'il dormait. Il ne dormait pas. Il avait les yeux ouverts et il pleurait. Elle a reçu cela comme un message, comme une permission qu'il lui donnait de pleurer aussi. Elle s'est blottie contre son cou et les larmes sont montées toutes seules. C'est à cet instant qu'elle a senti dans son corps cette lourdeur, cette envie de rester là des heures, des jours. Une vie entière.

Depuis, ils sautent un ou deux repas par semaine pour aller se retrouver dans leur petit hôtel propret en face de la gare du RER. Ils se débarrassent vite de l'amour en s'appliquant tout de même un peu pour ne pas risquer de passer à côté du plaisir. Parfois il est étale, liquide, sans contours, parfois il est tranchant comme un scalpel, mais toujours il les laisse dans une torpeur identique où les attendent des délicatesses.

Elle ignore tout de lui. Elle n'a pas mentionné l'existence de Francis. Souvent, au lit, il lui tient la main et joue doucement à tourner l'anneau d'or autour de son doigt, mais il ne lui a jamais demandé si elle était mariée. Lui aussi a une alliance à la main gauche, et une plus petite, semblable, au bout d'une chaîne qu'il porte autour du cou. Christelle n'a aucun goût pour les hommes à bijoux. Elle devrait détester cette bague qui se balance sur la poitrine de Gérard. Mais elle la tolère. Elle y est presque attachée. Comme une partie de lui, de son corps. Et aussi parce que ce n'est pas un bijou. C'est un chagrin.

Elle sait quand même qu'il habite tout près. Il ne l'a pourtant jamais emmenée chez lui. Elle devine que si elle passe un jour sa porte, ce sera pour rester. Dès le début, elle a eu peur qu'il évoque le sujet et, depuis midi, ça y est. Il en a parlé. Enfin à sa manière, bien sûr. Pas directement. Elle n'a pas été obligée de répondre. Mais il en a dit suffisamment pour qu'elle se sente en droit d'y réfléchir. Et c'est bien ce qu'elle fait, là, assise dans la rame, le visage tourné vers le mur gris qui défile, vers les ampoules jaunes qui se succèdent comme si elles tombaient. Mais sans voir le mur, sans voir les ampoules, sans rien voir.

Six secondes...

Emmanuel a posé les yeux sur le profil pâle de la femme lasse qui lui fait face, mais il ne la regarde pas vraiment. Il est distrait. Surtout, il a sommeil. Pourtant, la journée est loin d'être terminée. Il va passer chez lui en coup de vent, prendre une douche, et repartir pour sa réunion hebdomadaire.

Ils seront tous là. Léa aura préparé des pâtes et ils mangeront presque en silence, aussi vite que possible mais sans rien bâcler, comme on se recueille avant d'entrer en scène, au Théâtre. D'ailleurs elle tient de cet art-là, l'activité masquée qu'ils exercent résolument depuis plus de trente ans, sa petite bande et lui. Elle possède cette qualité artisanale — « à hauteur d'homme », comme disait Henri Calet, un écrivain un peu oublié qui s'y connaissait en artisanat, en humanité et en cœur lourd — qu'on ne trouve plus qu'au Théâtre maintenant que les autres expressions artistiques comme la Littérature ou la Peinture n'occupent plus que d'obscures alcôves tout au fond du grand appartement de la Communication. Elle en a aussi la dimension éphémère qu'il apprécie tellement. Quelque chose de fragile, d'instable, de l'ordre du sourire. On sait que ce que l'on crée va disparaître, va être effacé, recouvert ; et c'est pourquoi on y met son enthousiasme, son énergie, pourquoi on y consacre sa liberté. Et enfin — surtout ? — Emmanuel ne se lasse pas de cette clandestinité. Il aime leurs équipées nocturnes, ce qu'ils se plaisent à baptiser commandos, missions... Parfois, dans les rues désertes, son seau de peinture au bout du bras, il se voit en guérillero, progressant péniblement le long d'un étroit sentier bolivien, avec la mort à l'arrivée sous un préau d'école, pendant que de la forêt s'élèvent les notes lointaines de *El Condor Pasa*. C'est un jeu. Un jeu de grands. Un grand jeu.

En même temps, jamais il n'acceptera qu'on réduise ces interventions à des gamineries, comme s'y appliquent les services municipaux et les associations de propriétaires. Il y a un message dans ces actions. Et c'est aussi pourquoi, à l'abri de leurs discours paternalistes, les pouvoirs établis se mobilisent tant pour mettre un terme à ce qu'ils qualifient officieusement de « gangrène ». Ce mot convient bien à Emmanuel. La gangrène ne débouche-t-elle pas sur un choix tragique entre amputation et infection générale ? Si lui et ses amis pouvaient représenter une gangrène pour le corps social, ce serait une vraie réussite et la preuve irréfutable que leur démarche est profondément révolutionnaire. Oui, révolutionnaire ! Macho, brun et barbu, un cigare aux lèvres, Emmanuel caresse cette idée, lui qui est glabre et blond — rose et chauve, même — et qui ne fume pas ! Quant à macho... ! Il enseigne à des adolescents qui l'écoutent à peine, il aime les garçons, il ressemble à Mickey Rooney, et alors ? Ce qui compte, ce sont ces petites réunions chaleureuses où l'on élabore un plan d'attaque. C'est le trac, dans la nuit, qu'on doit surmonter pour que la main ne tremble pas. Ce sont les murs qui parlent, le lendemain matin. Les murs qui chantent.

Cinq secondes...

Sophie regarde ailleurs. Un peu n'importe où, pourvu que ce ne soit pas vers le type en tweed qui tire la tronche. En plus, il marmonne tout seul, on dirait. Comme un lapin qui a perdu sa carotte. Ou comme un vieux gâteux, plutôt. Enfin, elle détourne les yeux.

Elle préfère s'intéresser une seconde à la belle femme qui se tient bien droite, en face de la sortie. Sous ses cheveux coupés court, elle a une tache brune sur la nuque. Le genre de coup que le sort jette au hasard sur certains. À l'école primaire, Sophie s'est trouvée dans la classe d'une petite fille qui en avait une au milieu du visage, en plein sur le nez. On voyait bien que, derrière, elle était vraiment très jolie, mais on la plaignait quand même. On appelle ça une tache de vin, à cause de la couleur. Mais Sophie et ses copains préféraient le terme de *gorbatchev*, parce que c'était le nom du président de l'Union soviétique, juste avant que ça s'écroule, et que lui, il en avait une sur le front, de tache de vin. Bientôt, personne ne saura plus qui était Gorbatchev, et là Sophie pourra choisir : soit rentrer dans le rang et employer l'expression que tout le monde connaît, soit prendre un air inspiré et faire croire que *gorbatchev* est le nom savant de cette affection. Elle sent déjà qu'elle ne résistera pas à la seconde solution. Elle pense surtout à plus tard, quand ceux qui utiliseront le mot sans se poser de questions seront persuadés qu'on peut parler d'un *gorbatchev* comme on parle d'un pied-bot ou d'une scoliose.

La belle femme, elle, ne semble pas y accorder beaucoup d'importance, à son *gorbatchev*. Si ça la complexait, elle porterait un foulard autour du cou ou, plus simple, elle se laisserait pousser les cheveux. Mais non, elle a même la nuque rasée, comme si elle voulait qu'on le voie encore mieux.

Peut-être que ça plaît à son mari.

Comme la cicatrice sur le coude de Ludo. Ce n'est pas un défaut, non. Au contraire. Sophie adore la regarder, cette cicatrice blanche, souvenir d'une chute de vélo. Elle la caresse souvent. Elle l'a embrassée, même, une fois. Le jour où elle a voulu qu'ils se mettent tout nus. C'était dans la cage d'escalier de ses parents. Elle tremblait de partout. D'excitation et de peur aussi. Elle avait beau se dire qu'en général on emprunte l'ascenseur, elle avait l'impression que, justement ce jour-là, il allait y avoir une panne et que tous les locataires allaient passer devant eux. Elle guettait le miaulement de la cabine et ils s'étaient dépêchés. Trop. Ludo avait eu du plaisir presque tout de suite et elle rien du tout.

Il était tout penaud en se rhabillant. C'est là qu'elle

lui a embrassé sa cicatrice. Comme pour lui guérir une blessure. Il l'a serrée contre lui, très fort. Et là elle a senti un truc inconnu qui l'a bouleversée très profond, très loin, au-delà du corps et de la conscience. Pas vraiment du plaisir, non. C'était plus large, plus vaste. Plus sombre, aussi. C'était plus grave que le plaisir. La différence, c'était un peu celle qu'il y a, quand on écoute de la musique, entre le violon et le violoncelle. Et là, dans l'escalier, c'était le violoncelle. Ça ne l'a pas vraiment soulevée de terre, emportée, comme le violon, comme le plaisir, non, mais ça lui a donné envie de pleurer. De pleurer de bonheur, oui.

Quatre secondes...

Emmanuel relève brusquement la tête. S'est-il assoupi ? Il avale sa salive. Il sent qu'il a les lèvres humides. Encore un de ses petits passages à vide.

Ça ne dure jamais plus de quelques secondes, mais, dans ces cas-là, il s'absente tout à fait. Il se dit que si un jour ça le prend quand il est debout, il tombera inanimé. Ce ne sont pas à proprement parler des malaises et il sait avec certitude qu'il n'y a rien non plus d'épileptique là-dedans. « Avez-vous constaté des pertes d'urine ? » lui a demandé le docteur avec gourmandise. Et lorsqu'il a répondu : « Non, jamais », le savant a paru immédiatement se désintéresser de lui. Emmanuel a regretté de ne pas avoir risqué un « Oui », et même un « Oui, souvent » qui l'aurait rendu attractif. Il aurait dû se souvenir que dans le domaine médical c'est le pire qui valorise, qui ouvre aux chercheurs l'accès aux publications spécialisées, aux circuits de conférences, aux prix Nobel. Mais sa réponse aussi précipitée que négative, improductive et pour tout dire inamicale, le laisse encombré de questions. C'est surtout cet afflux de salive qui le gêne. Ça lui donne un côté idiot du village qui lui ôterait un peu de confiance en lui s'il n'en était pas déjà totalement dépourvu.

Il faudrait pourtant qu'il se prenne en main. Il atteint un âge où, si on ne les provoque pas, les rencontres n'ont jamais lieu. Cependant il ne s'inquiète pas trop sur ce chapitre, car il lui semble que, depuis quelque temps, sa sexualité s'endort. Pas ses désirs, non, mais le besoin de les satisfaire. Ce qui, autrefois, l'aiguillonnait pour entrer en contact avec un autre le pousse aujourd'hui à s'embusquer, à observer, à rêver sans rien vouloir de plus. À se contenter de l'hypothèse. Ça a commencé peu de temps après la mort de Benoît. Emmanuel s'est, un jour, perçu comme imaginaire. Comme si celui qu'il voyait dans le miroir, qu'il lavait, qu'il habillait, qu'il nourrissait bouchée après bouchée, ce n'était pas lui, mais encore Benoît. Cet effacement du corps, c'est son deuil, peut-être. Mais tout de même, chaque fois qu'il fait mine de disparaître totalement, la salive survient, qui lui emplit la bouche. Il pense parfois à toutes les explications que trouverait un psychanalyste à cette éruption liquide que sécrète son corps endormi.

Il l'a longtemps contemplé, tout à l'heure, le grand jeune homme au blouson jaune. Déjà sur le quai, à Vincennes, il l'avait remarqué. Surtout à cause de l'expression de son visage. On aurait dit qu'il venait d'apprendre une nouvelle bouleversante. Il paraissait ne rien voir autour de lui et s'être entièrement retiré en lui-même, comme les personnes très âgées, ou très malades. Pourtant il avait l'air tout à fait en forme, même s'il traînait légèrement la jambe gauche. C'est peut-être ce décalage entre son allure générale alerte et ses traits tendus qui lui conférait ce charme particulier. Il était à la fois insouciant et concentré ; inoffensif et dangereux. Emmanuel s'est approché de lui et, pour ne pas le perdre, a pénétré dans la rame par la même porte. Mais une fois assis, il l'a oublié. Il n'a reporté ses yeux sur lui qu'à la station suivante lorsque, après un faux départ, le jeune homme est brusquement descendu. Il se souvient même qu'à ce moment, alors qu'il ne le voyait plus que de dos, quelque chose l'a surpris ; une modification dans sa silhouette ; mais Emmanuel n'a pas su déceler le détail qui avait changé. C'était pourtant très visible, il en était sûr. Trop visible sans doute, trop évident pour qu'on le définisse. Il a songé un instant au Jeu des sept erreurs qui l'exaspère tant lorsqu'il tombe dessus par hasard dans un journal. Les deux dessins identiques qui ne le sont pas. Et son angoisse devant la note : « Solution des jeux dans le prochain numéro » ! Comme il s'y attelle, alors ! Mais pour le jeune homme, ça n'a pas duré. Il a renoncé presque tout de suite après que les portes se sont refermées. Il l'a oublié. Totalement.

Et maintenant, à peine de retour dans la réalité du monde, après sa courte visite au pays du Grand Ailleurs, voici qu'il repense à l'ange solaire qu'il aurait dû suivre, peut-être. Ce qui l'étonne, c'est l'image qui lui revient en mémoire. Ce n'est pas celle de la rame, c'est celle du quai. L'image d'avant le métro.

Puis il comprend tout à coup pourquoi. Sur le quai, le jeune homme portait un sac de sport au bout du bras. Un sac de sport qui, lui aussi, soulignait son aspect athlétique et démentait tout ce qu'on pouvait lire sur son visage. Eh oui, c'est bien cela, l'étrangeté de sa descente de la rame : le sac, il ne le portait plus.

Et il n'y a rien d'inexplicable là-dedans, puisque Emmanuel l'a maintenant sous les yeux, ce sac.

Il est posé par terre, près d'un des deux piliers centraux, aux pieds du voyageur à la veste de tweed et aux paupières closes qui rumine avec une sorte de sourire. Ou de rictus ? De sourire gourmand ? De rictus cruel ? Emmanuel se dit que les comédiens ont bien du mérite de parvenir à rendre claires les nuances des sentiments par leurs seules expressions parce que, la plupart du temps, celles des gens qu'on croise dans la rue restent énigmatiques.

Personne ne semble avoir remarqué le sac. Emmanuel pense, amusé, qu'il pourrait bien contenir une bombe et il a presque envie de crier « Attention ! » comme l'y invitent les affichettes placardées un peu partout, simplement pour assister au mouvement de panique que ça déclencherait. Ce serait finalement bien plus efficace que les graffitis plutôt bénins dont ses amis et lui parsèment la ville, la nuit, pour réveiller un peu les bons bourgeois. Mais il imagine aussi la suite. Lorsqu'on s'apercevra que le sac ne renferme que des chaussures de course et un short. Comme ils auront honte, tous, d'avoir eu peur et comme ils chercheront à noyer leur malaise en se retournant contre le messager. Oui, comme ils se moqueront de lui, alors ! Et la moquerie, c'est bien ce qui le terrifie le plus. Comme tous les enseignants, sans doute. Lorsqu'ils montent sur l'estrade, gagnent leur bureau et affrontent leur auditoire, ils préféreraient n'importe quoi à une moquerie. Un coup de feu, de couteau. Une bombe, oui, justement. Plutôt mourir qu'avoir honte.

Cette hantise ne l'a jamais quitté et, là encore, c'est elle qui le retient. Et puis aussi, il faut bien l'avouer, un certain scepticisme quant à l'effet du petit tour qu'il aimerait jouer aux passagers de la rame. Rien ne prouve qu'il y aurait une panique. Les bombes, tout de même, ça ne court pas les métros.

Le jeune homme a posé son sac et puis, en descendant précipitamment de la rame après avoir failli rater sa station, il l'a oublié, tout simplement. Peut-être y a-t-il son nom et son adresse à l'intérieur. Emmanuel sonnera à une porte et, ravi, le propriétaire de l'objet miraculeusement récupéré l'invitera à entrer chez lui... Après, on verra bien.

Il n'a qu'à se pencher un peu à droite et tendre le bras pour attirer le sac entre ses genoux. Il se penche, aussi discrètement que possible. Mais personne ne prête attention à son geste.

Trois secondes...

Sandrine se raccroche à ce petit espoir qui vacille encore devant ses yeux, à cette explication qu'elle croit avoir trouvée. Le défaut de la route qui les a fait rouler dans le ravin, Gabriel et elle. Ils ne s'amusaient plus. Petit à petit, presque par inadvertance, ils se sont mis à prendre la vie au sérieux. Ils se sont raidis dans des personnages, dans des attitudes. Ils n'ont jamais cessé de rire, bien sûr. De rire un peu de tout. Mais dans les derniers temps, ils riaient plutôt gravement, pour ainsi dire, d'une manière docte, réfléchie. Comme s'il y avait quelque chose à comprendre qu'ils auraient compris. Comme s'ils savaient. Ils ont basculé dans le raisonnable, le convenable. La convention. Ils sont devenus vieux.

C'est maintenant que Sandrine sait. Ce qu'ils ont perdu, ce n'est pas l'amour. Elle aime Gabriel, elle a encore toute une réserve d'amour pour lui. Même si, phénomènes de longévité, ils passaient encore un siècle ensemble, son stock d'amour ne s'épuiserait pas. Et elle pourrait jurer que lui aussi l'aime. Qu'il l'aimera. Alors non, l'amour, ils ne l'ont jamais perdu. Ce qu'ils ont laissé filer, c'est l'enfance. Il faut qu'ils se retrouvent. Ils n'ont rien à pardonner, rien à se faire pardonner. Il faut juste qu'ils se retrouvent. Qu'ils recommencent. Qu'ils retrouvent le début. Qu'ils recommencent au début.

Au lieu de reprendre là où ils en étaient, au lieu de continuer, ils vont devoir se lancer dans une autre vie. Il ne suffira pas de repeindre les murs et de changer les rideaux, ils devront emménager dans de nouveaux cœurs.

Et elle sent s'épanouir en elle un vrai sourire. Le premier depuis si longtemps. C'est rare, précieux, un sourire. Ça n'a rien à voir avec la gaieté, ni même avec le plaisir, la satisfaction. Ce ne sont là que des sensations d'arrivée, alors qu'un sourire, c'est un départ, un projet. Et il l'envahit, comme une rougeur de confusion. Il ne contamine pas encore la bouche, mais il s'est déjà emparé de ses yeux. Ils vont se poser, ses yeux souriants, sur cet homme séduisant qui attend sur le quai qu'elle vient de quitter. Et qui attendra qu'elle revienne par le prochain train. Qui attendra, vraiment ? Oui, qui attendra.

Deux secondes...

C'est un sac de sport en toile bleue avec des bandes de cuir piquées, deux poches et une courte anse de chaque côté de la fermeture Éclair qui court sur toute sa longueur. Il est un peu râpé, taché, fatigué. Emmanuel, qui a été surpris par son poids, l'imagine, jeté négligemment sous le banc d'un vestiaire plein de cette odeur d'homme qui l'affole.

Ce sont peut-être des haltères qui l'alourdissent. Le jeune homme au blouson jaune doit entretenir des muscles qui roulent sous sa peau. Sans doute est-il fier de sa plastique. Emmanuel apprécie les hommes qui aiment se montrer avant qu'on les touche. Qui restent un peu à distance, les traits boudeurs, indifférents, au-dessus de leur corps tendu. Il accepte ce jeu-là. Cette expectative. Il aime sentir l'impatience puiser en lui devant cet autre qui n'autorise encore rien. Qui continuera peut-être à se refuser.

Il a connu, il y a longtemps, un très beau garçon qui s'exhibait volontiers. Il ne supportait aucun contact homosexuel, mais s'exposait nu avec beaucoup d'indécence et se caressait jusqu'au plaisir devant plusieurs hommes assemblés en racontant par le détail ses conquêtes féminines. Emmanuel avait participé à ces séances, tiraillé entre désir et dégoût. Jusqu'au jour où l'un des deux versants de cette sensation déchirante avait prévalu. Celui du dégoût. Du jeune homme ? De ceux qui avaient payé pour l'entendre, pour le regarder, les vêtements en désordre, les yeux fiévreux ? De lui-même seulement, en proie au même vertige, sous l'œil narquois de l'inaccessible amant ? Il avait préféré ne pas chercher trop longtemps une réponse qu'il devinait peu réconfortante.

Il essaie de tirer la fermeture Éclair du sac, mais elle reste bloquée. Il ouvre, l'une après l'autre, les poches latérales ; elles sont vides ; il faut bien revenir au compartiment central. Il a chaud. Est-ce l'effort ou la perspective de l'odeur qui va se dégager du sac et le troubler ? Il hésite. Peut-être vaudrait-il mieux attendre pour l'ouvrir. Pour être troublé.

Il pense à Benoît. À Benoît qui lui a dit un jour, il y a longtemps, bien avant la maladie : « J'aime quand tu as envie, même si ce n'est pas de moi. »

Alors, pour Benoît.

Emmanuel essaie encore d'ouvrir le sac.

Une seconde...

Sophie s'est retournée. Elle trépigne un peu. Elle a l'impression que le train s'est mis à reculer pour retarder le moment où elle verra la bouille ébahie de Ludo qui la découvrira au bout du quai. Ce sera encore un petit bonheur de plus. Il y en a plein, des comme ça, depuis qu'elle le connaît. Et avant lui, rien. Pas de bonheurs, jamais. Pas de malheurs non plus. Non, rien, rien de rien. Comme si la vie était un long couloir sans portes. Et au bout, on s'assoit dans un fauteuil, la tête de côté, et ceux qui viennent en visite le dimanche en ont marre et ne comprennent pas pourquoi vous vous accrochez comme ça. Comme la tante Rosalie, par exemple. Elle s'accroche, la tante Rosalie. Et on en a marre.

Mais heureusement, dans le couloir, il y en avait une, de porte. Celle de Ludo. Et derrière, une grande pièce fraîche pleine de lumière où elle se retrouve chaque fois qu'elle le voit. Alors même si le reste du temps c'est le couloir, elle s'en fiche.

Parfois, elle se demande ce que serait sa vie si un

autre, un jour, prenait la place de Ludo. C'est son premier garçon, Ludo. C'est même le premier qui l'a embrassée comme un amoureux. C'est le seul. Pourtant, il lui arrive de s'interroger : est-ce qu'un autre ce serait aussi bien ? Ou des autres ? Plusieurs ? Elle s'en débarrasserait quand elle n'en voudrait plus. Comme d'une vieille chemise.

De toute façon, Ludo n'est pas une vieille chemise. Ludo est inusable. Toujours neuf. Ludo, c'est Ludo, voilà.

Le type chauve à lunettes, le gentil, là, c'était peut-être un Ludo à son époque. Et peut-être qu'il a su garder sa Sophie jusqu'à maintenant. C'est une Sophie plus vieille, comme la dame au *gorbatchev*, mais heureuse, qui l'attend, qui va l'embrasser tout à l'heure, quand il rentrera chez lui. Et par une sorte de miracle incompréhensible, elle le trouve beau, ce type chauve à lunettes. Pourtant, même en se forçant, on ne peut pas le trouver beau, il est affreux. Pas comme Ludo ! Sophie aimerait bien montrer Ludo à la femme du chauve, qu'elle voie un peu la différence.

Pour le moment, il a l'air d'avoir des problèmes, le chauve. Il est courbé sur le sac de sport posé entre ses pieds. Il tire sur la fermeture Éclair pour l'ouvrir. Manque de chance elle est coincée, comme celle d'un jean qui revient du pressing. Il insiste, il s'acharne, il en a le crâne tout rouge.

Est-ce que Ludo va perdre ses cheveux en vieillissant ? Ce serait dommage parce qu'ils sont beaux et soyeux. Comme tout le reste, chez lui, puisqu'il est beau de partout. Elle espère que leurs enfants ressembleront à leur père, plutôt qu'à leur maman — ça fait bizarre, ce mot « maman ». Il paraît qu'elle est jolie, elle aussi. C'est en tout cas ce qu'il lui répète sans arrêt. Mais si leurs enfants lui ressemblaient à lui, ce serait tout de même plus sûr.

Elle en veut trois. Deux garçons et une fille. Mais pas tout de suite, et même pas quand elle aura vingt ans, non plus. Enfin, pas trop tard quand même... Elle s'imagine déjà avec deux petits Ludo et une... Comment est-ce qu'on pourrait dire ? Ludotte ? Ludite ? Non, Ludine ! Voilà ! Une petite Ludine devant qui les gens s'arrêteraient dans la rue tellement elle serait belle. Il y en a bien un ou deux qui trouveraient le moyen d'ajouter : « Le portrait de sa mère. »

Et Ludo qui serait tout fier et qui se pencherait à son oreille en souriant pour lui murmu

II

STYX

Le train ne roule plus. Toutes les lumières se sont éteintes. Un silence minéral recouvre le fracas ; celui qui suit les collisions, sur la route, au moment où retombe la poussière. Stupéfaits, les survivants n'ont pas encore commencé à appeler à l'aide, à hurler d'effroi dans le noir, ni les blessés à geindre. Comme si la voûte s'était effondrée, condamnant le convoi au mutisme.

Cette stupeur va durer plusieurs secondes, pendant lesquelles tout le monde va quitter la vie, s'absenter, perdre le fil de l'existence.

Parmi eux, quelques-uns, cinq, six, n'en reviendront pas. Ils demeureront prisonniers de la mort. Sans l'avoir vue avancer vers eux pour les étreindre. L'explosion ne ressemblait pas à une agression, à un attentat, à un phénomène émanant du dessus, du dessous, d'à côté... Elle a eu lieu à l'intérieur du corps de chacun. Exactement comme si la bombe avait été inoculée dans une veine du bras, à l'aide d'une seringue, qu'elle avait voyagé dans le sang, comme une vieille planche charriée par un torrent. Et puis, arrivée au cœur, aspirée par la pompe du cœur, elle aurait explosé. Dedans. Dans le cœur.

Même Emmanuel n'a pas compris ce qui se passait. Il n'a pas réussi à ouvrir le sac. Il a été déchiqueté, un grand trou s'est formé dans sa poitrine, alors qu'il se battait encore avec la fermeture Éclair.

Les autres non plus n'ont rien pressenti. L'image qui défilait dans leur cerveau à cette seconde-là s'est arrêtée, tout simplement. Comme un film qui casse. Ou, plus précisément, comme la copie-flamme d'un vieux film lorsqu'elle cassait : l'action se figeait, puis une tache brunâtre la dévorait très vite, en commençant par un coin, jusqu'à envahir tout l'écran.

Pour eux, la vie a flambé à cette seconde-là. Comme dans un cinéma d'autrefois. Mais personne n'a rallumé la salle, il n'y a plus rien eu. Plus rien. Aucun projectionniste à qui adresser sifflets et quolibets. Et leur dernière pensée a été mangée de brun.

Vanessa serrait la mort de Gilbert entre ses jambes. Assise sur le tapis, le regard en dessous, les bras en arrière, avec sur les lèvres un vague sourire dédaigneux où il se plaisait à lire de la soumission, elle ouvrait très lentement les genoux. Exactement comme il venait de lui en donner l'ordre.

Pour les autres, ce n'était que de l'attente. Des évocations fugitives. Des interludes de l'âme. Comme juste avant que le sommeil vous gagne. Rien de bien remarquable. On aurait tout le temps de renouer avec l'essentiel, plus tard, quand on sortirait de terre, ailleurs. Le présent ne comptait pas, ce n'était rien de plus qu'un sas, qu'un trajet et pourtant une pause. On était entré en vacuité au départ, on se remettrait à exister à l'arrivée. Il était inconcevable qu'il n'y ait pas de destination.

*

D'abord, je n'ai rien entendu. Je veux dire, c'est rien que j'ai entendu. J'ai entendu *rien*. Bien pire que du silence. On aurait dit que le moindre souffle, le plus petit crissement, l'effleurement le plus subtil, jusqu'à l'inouï, que tout enfin, vraiment tout, avait été aspiré dans ce qui, pour le son, équivaudrait à ce que représente un trou noir pour la lumière. C'était un antibruit, comme on parle d'antimatière.

Et mon cœur a flanché. Deux battements au moins, peut-être trois, lui ont fait défaut. J'ai eu une sorte de spasme. Ce que les médecins appellent la sensation de mort immédiate. Maintenant, je regrette qu'il ait décidé de repartir, mon cœur, évidemment ; mais à l'instant où je suis revenu dans la vie, je m'en souviens bien, j'ai éprouvé un bonheur de miraculé.

Mais en même temps que moi, c'est le reste du monde qui, de l'autre côté de ce vide, une seconde ou un siècle après, est rentré en gare. Là encore, je suis incapable d'affirmer que le son a précédé l'image, ou l'inverse. Il y a eu cette explosion, bien sûr, mais il y a eu aussi, avant, après, ou pendant, sur plusieurs mètres, le nuage de poussière qui a débouché le long du quai en conservant la forme du tunnel et en suivant les voies. Comme le double impalpable du train qui avait disparu. Son fantôme.

Et puis il s'est évasé, épanoui. Il a éclos. Et ce que je voyais de moi, de moi encore assis à bonne distance du bord, pourtant, s'est couvert de neige sale. Mes genoux, mes chaussures, mes mains. Tout s'est endormi sous la cendre. Gris.

Autour de moi, les objets et les êtres ont aussi été changés en sculptures de sable. C'était... Je sais bien que je ne devrais pas dire cela, mais si je veux vraiment rendre compte, témoigner, il n'y a pas d'autre mot... C'était beau. Surtout les cheveux. La couche de poussière était si fine que chaque cheveu avait reçu sa poudre à lui, sans qu'il doive se mêler aux autres.

J'en ai admiré, pourtant, des beautés, dans ce domaine. En Italie, surtout. Des marbres, des bronzes... Mais aucun sculpteur n'a atteint cette acuité, cette fragilité, cette évanescence. L'horreur crée parfois de tels prodiges. Voyez Pompéi. C'est parce qu'elle saisit les vivants en pleine vie, l'horreur, elle ne leur laisse pas le temps de s'arranger un peu, de tricher, de se tourner sur ce qu'ils croient être leur meilleur profil. De poser.

Ce moment aussi a duré. Et cette fois, cette éternité ne concernait plus l'oreille, mais l'œil. La victoire appartenait maintenant à l'immobilité. Elle était totale, radicale. Comme un contraire, elle aussi. Les gens ne se contentaient pas de ne plus bouger, pétrifiés, statufiés ; ils avaient basculé dans le négatif du mouvement. Dans une autre dimension. Avec leur aspect cendré, on aurait dit qu'un simple contact, qu'une respiration, les anéantiraient. J'ai pensé à ces compositions de pétales de fleurs qui nous émeuvent tant. Comme chaque fois que l'homme s'efforce de créer de l'éphémère.

Et puis tout s'est brusquement délité, dégradé, éboulé. Tout le monde s'est mis à courir. À crier. Ils s'époussetaient comme si ce talc malpropre qui les recouvrait risquait de les ronger, les mordait déjà, menaçait de les incinérer vivants.

*

Sophie ouvre les yeux. C'est tout noir. D'abord, elle se dit qu'elle est morte. Ou plutôt non : pire encore. On l'a crue morte, on l'a enfermée dans un cercueil et on l'a enterrée; et puis voilà qu'elle se réveille à trois mètres sous terre et qu'elle va mourir pour de bon après s'être étouffée.

Et puis elle entend des cris. Ils proviennent d'assez loin, mais ils résonnent dans tout un vaste espace autour d'elle. Oui, c'est bien ça : au fond, là-bas, il y a des cris et à côté d'elle, il n'y a rien. Que du silence.

Elle se souvient. Elle se tenait debout entre la dame triste et le type pas sympa, et elle regardait le gentil se bagarrer avec la fermeture de son sac de sport. Et puis, tout d'un coup, il y a eu ce bruit énorme en même temps que quelqu'un lui donnait un grand coup de bâton sur le crâne. Et pourtant, il lui a semblé que le coup venait d'en bas, d'en face, du gentil, du sac, et lui remontait jusqu'aux cheveux.

Elle est couchée sur le dos, on dirait. Et quelqu'un a dû tomber sur sa jambe droite parce qu'elle sent un poids en haut de la cuisse. Comme si un corps était posé en travers. Aussi lourd qu'un sac de ciment. Et en même temps ça coule. Comme une poche d'eau qui aurait une fuite.

Elle essaie de toucher, mais sa main droite ne répond plus. Et son bras droit pas davantage. Il doit être cassé.

Ça l'embête carrément d'avoir un bras cassé, parce qu'il va falloir rester des heures à l'hôpital ; et surtout, ils vont vouloir prévenir ses parents. Elle voit déjà arriver le gros con, les yeux hors de la tête, furibard.

Pour Ludo, c'est moins grave. Elle l'a raté, maintenant, elle le sait bien. Mais comme il ignorait qu'elle venait l'attendre... C'est seulement un petit bonheur en moins. Bon, il y en aura d'autres. Et des grands.

Elle se décide à tâter sa cuisse droite avec sa main gauche. Une chance, ça marche. Elle sent le jean, sous ses doigts. Tout mouillé. Pourtant, personne n'est couché sur elle. C'est elle qui coule. Qui saigne. Elle descend un peu. Toujours le jean, mais rien dedans. Plus de jambe.

Elle n'a plus de jambe droite.

Elle voudrait vomir.

D'abord, elle pense à ses parents : « Tu es encore allée traîner dehors, et voilà ! »

Et puis elle pense à Ludo. Aux caresses de Ludo.

C'est fini. Il ne voudra plus jamais la toucher. Ou bien alors, il aura pitié. Est-ce qu'on peut rester toute sa vie avec quelqu'un uniquement par pitié ? Bien sûr que non.

Elle crie.

Mais ce qui sort de sa bouche ne la libère de rien. Elle se sent trop mal pour pleurer. Et puis elle est si fatiguée, tout d'un coup. C'est le sang qui s'en va. C'est la vie qui s'en va.

Il lui semble que l'obscurité se fait moins dense, que la nuit s'éclaire, comme une aube.

Sophie comprend brutalement qu'elle va mourir.

« Je vais mourir », se dit-elle, très loin derrière les larmes.

Et puis, la seconde d'après, alors qu'elle voit une haute vague blanche se dresser au-dessus d'elle, elle a encore le temps d'espérer : « Pourvu que je meure. » Et la grande vague blanche lui tombe dessus à toute force, pour l'exaucer.

*

Il marchait le long de l'interminable couloir carrelé lorsque l'explosion s'est produite. Tout le monde s'est arrêté. Le monde s'est arrêté. Puis, quelques secondes plus tard, les cris ont commencé et les gens se sont mis à courir. Dans les deux sens. Certains vers le fond, qui le croisaient et chez qui la curiosité l'emportait sur la peur ; les autres le dépassant, pour gagner la sortie, pour s'échapper. Mais presque tous mus par leur seul corps, en dehors de toute volonté, de toute pensée, comme des poulets décapités qui traversent la cour de la ferme.

Bientôt, il n'y a plus eu personne. C'est là qu'il a retourné son blouson. Il a eu raison de s'exercer à une rapidité de magicien parce que, aussitôt après, un couple affolé et couvert de poussière est apparu et l'a presque bousculé. Sans le voir. C'est ça qui était important : sans le voir ! Il était déjà le grand jeune homme en blouson sombre dont personne n'aurait été en mesure de donner un signalement, dans le cas bien improbable où la question se serait posée. Pourquoi chercherait-on à se renseigner sur un inconnu en blouson sombre qui marche tranquillement dans un couloir alors qu'un attentat a eu lieu dans un tunnel, là-bas, peut-être commis par un individu vêtu d'un blouson jaune vif ?

Tout de même, il ne fallait pas traîner.

Il a repris sa progression, d'un pas plus rapide. Si les consignes n'avaient pas été aussi précises, il aurait volontiers détalé vers le large escalier qui conduit à la vaste place. Il apercevait déjà la lumière du jour, tout en haut. Il allait faire surface. Émerger de cette eau dangereuse où rôdait peut-être encore un témoin.

Maintenant il est dehors, dans le soleil. Il avance en aspirant l'air, comme s'il en avait longtemps manqué. Il est heureux. Il est heureux parce qu'il est fier. Il a eu si peu d'occasions d'être fier, jusqu'ici. Et d'être heureux.

Là aussi, des gens appellent dans tous les sens. Et

lorsqu'il approche du café où il a rendez-vous, il entend les premières sirènes d'ambulances. Et les pompiers ! Et la police ! En pareilles circonstances, les secours doivent être un peu devins, car ils arrivent de plus en plus tôt. Mais toujours trop tard, bien sûr. Il sourit.

S'ils savaient, tous...

Il se sent fort. Comme s'il avait remporté une épreuve sportive de haut niveau. Comme s'il venait d'être reçu à un examen très sélectif, lui qui a toujours été recalé, partout.

Et il a rendez-vous avec Paul, son instructeur, pour homologuer cette performance. En cas d'échec, on ne lui aurait sans doute pas accordé de seconde chance. On lui aurait sèchement signifié que c'était fini, qu'il pouvait retourner à sa petite vie médiocre, sans perspectives. Mais là, après un tel succès ! Paris à feu et à sang ! À cause de lui ! De lui ! Parce que l'action a bel et bien réussi. Ces cris, ces sirènes le prouvent. Qu'il y ait de nombreuses victimes ou seulement une ou deux ne change rien. La peur est la même. Et sera la même. Les gens ne sortiront plus de chez eux avec la même insouciance. Il a déstabilisé Paris. La France ! Le monde, pourquoi pas ? Lui. Lui tout seul. Alors, qu'est-ce que tu dis de ça, papa ?

Il entre dans la brasserie et s'immobilise sur le seuil. Il cherche du regard Paul, son seul contact, jusqu'ici, dans l'Organisation. Il le voit presque aussitôt, assis sur la banquette, face à la porte, derrière une table du fond. Mais il attend. C'est la consigne. Si quelque chose ne va pas, s'il y a une présence hostile, ou même seulement troublante, le rendez-vous n'aura pas lieu. Et seul Paul peut en juger.

Bien sûr, « Paul » est un pseudonyme. Il n'a aucune idée de son véritable nom, sauf la certitude absolue que ce n'est pas Paul. « Pour toi, je serai Paul », a-t-il déclaré dès leur première rencontre, celle qui a décidé de tout, même si l'instruction proprement dite n'a commencé que beaucoup plus tard, quand Paul a su vraiment à qui il avait affaire.

Il n'a aucune idée non plus de sa situation de famille, de son métier ou de quoi que ce soit d'autre. Et il aime bien ce cloisonnement, ce mystère. C'est très concret, bien sûr, puisqu'il s'agit d'empêcher de remonter dans l'Organisation, d'en découvrir la tête, et de la démanteler. Mais c'est aussi romanesque. Ça a un goût de danger.

Il arrive aussi que cette méfiance prenne des aspects amusants. Par exemple, Paul dissimule autant que possible sa main gauche. Il la laisse sous la table, la met derrière son dos, la fourre dans sa poche. Tout ça pour qu'on ne remarque pas qu'il lui manque le petit doigt.

Seulement voilà, il n'y a eu ni arrestation ni interrogatoire parce que tout s'est parfaitement déroulé. Une réussite totale. D'ailleurs, Paul lui fait signe d'approcher. Il vient s'asseoir à la table, en face de lui, enfin pas tout à fait en face, pour ne pas masquer la porte. Paul a son habituel petit sourire triste.

— Alors ?

Les sirènes d'ambulances constituent à elles seules une belle réponse à la question.

— Impec.

Il a prononcé ce mot d'une voix nouvelle. Plus assurée. Pas une voix de novice, mais une voix d'initié. L'événement l'a déjà transformé, il l'éprouve dans son corps. Il y aura un avant et un après.

— Ils veulent te voir, dit Paul sourdement. Je te félicite. Ça va vite, pour toi.

Il a baissé les yeux. Il semble un peu chagriné, comme si on l'avait privé de dessert. Et si c'était le cas ? Le Conseil de l'Organisation désire sans doute le recevoir pour lui confier une deuxième mission, beaucoup plus périlleuse. Il est bien décidé à accepter. La chance est là, à portée de main, il faut la saisir. Maintenant, plus question de reculer, il doit suivre la route jusqu'au sommet.

— Quand ?

— Tout de suite.

Peut-être veut-on le nommer instructeur ? Ça expliquerait l'attitude de Paul. À peine en piste, son subordonné lui échappe et devient son égal. Son rival ? Son supérieur, bientôt, qui sait ? Il se sent fort. Tous ses muscles se dénouent. Il pourrait courir pendant des heures sans se fatiguer.

Paul relève les yeux. Il s'est recomposé une expression calme. Neutre. Vide ? Indéchiffrable, en tout cas. Il a les nerfs très solides. Comment ne pas l'admirer ?

— On va y aller en voiture, dit-il. Toutes les explications te seront données sur place, alors, d'ici là, inutile de poser des questions, je n'ai pas le droit de te répondre. D'ailleurs, on m'a seulement dit ce que je devais faire. Je ne suis au courant de rien d'autre.

C'est une sorte d'aveu. Il y a de l'amertume dans sa dernière phrase. On passe par-dessus lui pour négocier directement avec la personne concernée. Soudain, Paul lui fait presque de la peine. Il voudrait le réconforter d'un mot, d'un geste, d'un sourire.

Mais il s'en garde bien. Là serait le vrai danger : l'attendrissement. Toujours veiller à rester dur, froid. Dans le chaud, dans le sentiment, on ne fait que des boulettes. C'est agir, qu'il faut. Réussir des missions. Paul le lui a enseigné dès la première séance, il y a déjà plus de deux ans. Et aujourd'hui, avec ses airs de chien battu, on dirait qu'il a oublié ses propres recommandations.

Deux ans. Deux années au cours desquelles il a tout appris. Et maintenant il sait. Quoi de plus normal ?

Ils sortent du café selon la procédure. Paul le précède d'une dizaine de mètres. Il marche plutôt lentement, comme s'il n'allait nulle part, de son pas de félin qui ressemble à de la danse. Puis, tout à coup, il s'arrête à la hauteur d'une voiture, regarde à gauche et à droite, et s'y engouffre.

C'est son tour. Il s'engage sur la chaussée, entre les véhicules en stationnement et la circulation. Les autos qui passent l'effleurent presque. La portière du passager se débloque. Il l'ouvre en grand, s'assoit dans un soupir d'aise, referme et boucle sa ceinture.

— C'est parti, souffle Paul.

Il conduit prudemment, simplement. Très bien : mieux vaut ne pas se faire arrêter. Encore que, il en a bien conscience, ils ne risquent déjà plus rien. Ils ont quitté le quartier, franchi le boulevard périphérique. Ils sont hors de Paris. En pleine campagne. En pleine banlieue, en tout cas.

Il se dit qu'ils doivent rejoindre une planque provisoire. S'il s'agissait du siège permanent de l'Organisation, Paul lui aurait bandé les yeux ou quelque chose dans ce genre qui l'empêcherait de retrouver l'endroit. Il a envie de poser la question, mais il se tait puisque l'autre a prévenu qu'il ne répondrait pas. Il commence à comprendre que, au fond, Paul n'est qu'un intermédiaire, qu'un rouage de la machine, un homme de peine ; il ne sait rien, contrairement à ce qu'il croyait depuis le premier jour. Contrairement à ce que Paul lui-même a essayé de lui faire croire depuis le premier jour. La preuve : lorsque le Conseil veut traiter avec lui, il ne choisit pas Paul comme porte-parole, il ordonne à Paul de le conduire, c'est tout.

La voiture vient de s'arrêter le long d'une palissade de chantier, en planches rouges et blanches. Paul coupe le moteur.

— Bon, dit-il, voilà comment on procède : je descends. Je vais à la palissade. Il y a un passage. Tu verras comment je m'y prends. Ensuite, tu sors de la voiture et tu vas à la palissade. Une fois devant le passage, tu vérifies bien à droite et à gauche. Il faut qu'il n'y ait personne dans la rue. Absolument personne. S'il y a quelqu'un, tu décroches. Tu continues de marcher, tu relaces tes pompes, ce que tu veux, mais tu n'entres pas. S'il n'y a personne, tu écartes les planches, de la même façon que moi, et tu entres à l'intérieur franchement, sans hésiter, en un seul pas, pour que ça se referme immédiatement derrière toi. Ni vu ni connu. Alors, pas de conneries, hein ? Il ne s'agit pas de jouer au touriste et de passer la tête d'abord pour voir de quoi il retourne. Tu ouvres, tu entres et ça se referme tout seul en moins d'une seconde. Pigé ?

Il en rajoute un peu pour profiter de ses derniers moments d'autorité. Il devrait peut-être lui rabaisser son caquet, mais à quoi bon ?

— Enregistré.

— Alors on y va.

Paul descend et contourne la voiture. Il a les épaules basses. C'est bizarre comme, tout à coup, il lui semble ordinaire. Minable, presque. Il ne le regarde pas, non plus. On dirait que quelque chose de physique lui interdit de s'associer à la joie de son élève, à sa victoire. Ça doit être dur, tout de même, lorsque quelqu'un qu'on a formé vous rattrape, vous devance. Mais c'est la logique de l'action, la logique du combat. Chacun à son poste. Paul est un instructeur, un pédagogue. Ça n'a pas l'éclat du terrain, mais c'est nécessaire. S'il voit que l'entretien devient pénible pour son formateur, il est bien décidé à prendre sa défense.

Paul a inspecté tranquillement à gauche, puis à droite. Ensuite, il a appuyé sur l'une des planches rouges de la palissade, assez haut. Il repère bien l'endroit exact. Tout un pan a basculé et Paul a disparu en dessous. En une seconde, les planches ont retrouvé leur verticalité de départ. Belle astuce, comme les portes dérobées, derrière les rideaux, dans les films de mousquetaires.

C'est son tour. Il descend de voiture, referme la portière sans la claquer. À droite. À gauche. Personne. Il reproduit le geste de Paul. Même cause, même effet : le panneau bascule. Il se jette dans l'ouverture et l'entend se rabattre dans son dos. Il vient enfin de pénétrer dans le saint des saints.

Là, tout le surprend.

D'abord, il s'attendait à trouver un immeuble derrière la palissade. Au moins un chantier. C'est un terrain vague. Abandonné depuis pas mal de temps, apparemment. Devant lui, des matelas éventrés, des réfrigérateurs rouillés, des buissons sauvages. Sur les trois côtés, de hauts murs sans fenêtres. L'ensemble forme une sorte de cour aveugle où tout le quartier doit venir, la nuit, se débarrasser de ses déchets. Un dépotoir.

Immédiatement à gauche, un grand trou rectangulaire. Un mètre sur deux, peut-être. On n'en voit pas le fond, mais il a dû être creusé très récemment parce que la terre du monticule qui le borde semble fraîche et une pelle à long manche est plantée dedans, comme si le travail était en cours.

Et tout contre lui, Paul. Si près qu'il a presque sursauté en le découvrant. Paul qui ne sourit toujours pas. Qui a même l'air angoissé. Et un peu dangereux, aussi. On pourrait le croire devenu fou. Il tient dans la main droite quelque chose de brillant, comme un petit miroir.

Il va lui demander où peut bien se cacher, au milieu de ce chaos, l'entrée de la planque du Conseil lorsque, tout à coup, le miroir lui passe très vite sous le menton. Aussitôt après, presque dans le même mouvement, dans la même seconde, à l'intérieur de la même respiration, Paul lui donne un violent coup d'épaule et il tombe dans le trou

Il a atterri lourdement sur le dos et sa tête a heurté le fond en produisant un bruit terrible, comme une cloche fausse. Mais il n'a pas perdu connaissance. Il voit Paul, penché au-dessus du trou, qui le regarde. Ce n'est pas un miroir, ce qu'il tient à la main, c'est un rasoir. Un de ces vieux rasoirs qui se plient, avec la lame qui rentre dans le manche. Ça porte un nom. Comment les appelle-t-on, déjà ? Des coupe-choux ! C'est ça, un coupe-chou ! Paul tient un coupe-chou couvert de sang à la main !

Il essaie de crier, mais tout ce qu'on entend, c'est un chuintement qui s'échappe de la gorge ; un pneu qui se dégonfle. Il essaie de se relever, mais ses membres ne lui obéissent plus. Toute son énergie le quitte, s'évade de lui avec ce sang qui lui coule du cou. Il voudrait dormir.

Là-haut, Paul essuie le rasoir avec un mouchoir de papier blanc qu'il jette, tout taché de rouge, dans le trou. Le mouchoir se pose sur sa poitrine après avoir un peu tournoyé avec une lenteur de feuille morte

Puis Paul replie lentement son rasoir, le glisse dans la poche intérieure de sa veste, et saisit la pelle.

La terre ne lui pleut pas tout de suite dans les yeux, mais il ne voit plus Paul très distinctement. La nuit a pris de l'avance comme ce jour d'éclipse de soleil où les oiseaux se fracassaient contre les murs. Il est exténué. Tout s'estompe : le ciel au-dessus ; le crissement de la pelle qui mord la terre ; la parution devant le Conseil ; les missions futures ; l'instruction des nouvelles recrues ; la fierté de papa.

III

HADÈS

Je crois bien que, lorsque les pompiers sont arrivés sur le quai, je n'avais pas encore bougé. J'étais assis. Oui, je me souviens bien du casque brillant, de l'épaisse veste de cuir, de l'espèce de Chevalier de la Table ronde qui se penchait vers moi.

— Ça va, monsieur, vous n'avez rien ?

J'entendais clairement chacun des mots qu'il prononçait, je reconnaissais qu'il les avait parfaitement agencés pour former une phrase interrogative et sans doute pertinente, mais je ne comprenais pas du tout ce qu'elle signifiait. J'ai dû le regarder comme un benêt parce qu'il a insisté doucement, avec la grande patience des preux.

— Vous n'êtes pas blessé ?

— Non, c'est dans le tunnel.

— Très bien. Ne restez pas là.

J'ai hoché la tête et il s'est éloigné. Je ne savais pas très bien comment me lever ni comment traverser tout ce champ de bataille gris de poudre jusqu'à la sortie, là-bas, près des panneaux lumineux sur lesquels on venait de jeter un voile, comme on aveugle les miroirs dans la maison d'un défunt.

Quelqu'un d'autre s'est approché et m'a demandé mon nom et mon adresse. Sans casque ni armure, celui-ci. Il avait plutôt l'air d'un agent de police. D'ailleurs, c'en était un. Il a noté sur un petit carnet tout ce que je lui disais.

— Vous serez convoqué.

— Pour quoi faire ?

— Comme témoin.

— Mais je ne suis témoin de rien, je n'ai rien vu du tout.

— Vous serez convoqué.

C'était bien un agent de police. Il est parti avant que je lui pose une nouvelle question très importante qui me brûlait les lèvres et dont je ne parvenais pas à me souvenir. Je l'ai vu s'arrêter près d'une autre statue de cendre, un peu plus loin.

*

J'ai regagné la surface. En haut des marches se tournait un film catastrophe. Il y avait des camions partout. Des ambulances blanches, d'autres rouges. Des voitures aussi, mais toutes équipées d'un gyrophare sur le toit. Leurs innombrables rayons bleus se perdaient dans le vide de la place comme des appels au secours. Ce qui s'emparait de vous, surtout, c'était le son. On s'attendait à entendre des cris, des gémissements, des sirènes, mais il ne régnait partout qu'un grondement continu assez bas qui vous plongeait dans une impression surprenante de silence.

Il fallait que je parle à quelqu'un.

Ou plus exactement il fallait que je parle à Sandrine. J'étais obsédé par le sentiment flou que nous étions responsables de ce malheur. Si nous ne nous étions pas donné rendez-vous à cet endroit, cet accident n'aurait pas eu lieu. Alors tant pis si je l'importunais au milieu de ses préparatifs. Je m'estimais dégagé de tout devoir de discrétion, d'éloignement.

Et je me souviens que je me suis senti brusquement libéré d'un poids.

Seulement, avant de lui téléphoner, il fallait que je sache ce qui s'était exactement passé. Je me suis approché d'une des voitures aux quatre portes grandes ouvertes. Le policier en civil m'a regardé comme on regarde un fantôme et il a répondu à ma question par une autre.

— Vous étiez là-dedans ?

— Oui, mais je n'ai rien vu.

— On a pris vos coordonnées ?

— Oui, mais...

— C'est une bombe. On ne sait rien de plus.

J'ai bredouillé un remerciement.

Le coup de téléphone à Sandrine ne s'imposait plus. Il n'y avait pas eu d'accident. Le mauvais sort n'y était pour rien. Nous non plus, par conséquent.

Je tirai tout de même la porte en verre de la première cabine. Il y en avait trois groupées, imbriquées les unes dans les autres. Et aucune n'était occupée. J'ai trouvé étrange que personne n'ait éprouvé l'envie — le besoin — de téléphoner dans un moment pareil. J'ai alors pensé que je rêvais peut-être. Assez bêtement, je me suis pincé la joue pour me réveiller, mais je ne dormais pas. D'ailleurs, plantées sur l'esplanade, à intervalles presque réguliers, comme de petits arbres, plusieurs personnes parlaient toutes seules, le portable à l'oreille.

Au bout de deux sonneries, je suis tombé sur moi. Nous n'étions pas là, ni Sandrine ni moi, et je m'invitais à laisser mes coordonnées pour que nous puissions me rappeler dès notre retour. J'ai dit que c'était moi, j'ai lancé plusieurs fois le nom de Sandrine pour qu'elle abandonne sa mise à sac et vienne décrocher, puis j'ai imaginé ma voix qui voletait dans la maison vide. En replaçant le récepteur sur sa fourche, j'ai pris la décision de passer chez moi. Sandrine serait furieuse de me voir débarquer. Tant pis. Elle avait dû s'absenter quelques minutes, peut-être juste le temps de descendre jusqu'à la voiture. Ou, au contraire, elle jugerait très pratique que je sois là et elle m'enrôlerait pour saccager le décor de vingt ans de vie.

*

Je ne trouvai pas Sandrine à l'appartement. Elle n'y était même pas venue. Rien n'avait changé de place depuis que nous avions refermé la porte, le matin.

Je vis grossir une bulle d'espoir qui éclata presque aussitôt.

Un peu de colère le disputait au désarroi. Je lui en ai voulu, je crois, de n'avoir rien deviné, rien senti de l'expérience traumatisante que j'avais traversée, même si je m'en tirais sans dommages. Était-ce fini à ce point-là, nous deux ?

Cette désertion décevante réclamait une riposte. Je résolus d'occuper le terrain, me déshabillai en semant mes vêtements un peu partout, au hasard, sur les sièges, et allai prendre une douche.

En sortant de la salle de bains, j'avais faim. J'ai cassé deux œufs dans une poêle puis je me suis installé devant la télévision. Il y avait une de ces émissions spéciales où rien ne se passe et où le journaliste meuble en s'accrochant d'une main à son micro et en triturant son oreillette de l'autre. Il n'a rien à dire et il parle à des millions de gens qui se figurent apprendre quelque chose.

— Il semblerait, affirmait péremptoirement celui-ci, qu'il s'agisse d'un attentat. Mais nous attendons confirmation d'une minute à l'autre.

J'en savais plus long que lui.

— Très bien, lui lançait-on depuis le studio. Conservez l'antenne.

Et le malheureux hochait la tête, reprenant tout au début.

— Comme je vous l'expliquais, les secours continuent d'affluer sur la place de la Nation, à laquelle nous n'avons toujours pas accès. C'est pourquoi nous avons planté notre caméra sur l'un des boulevards adjacents où, comme vous pouvez le constater, les curieux sont de plus en plus nombreux...

Les images étant diffusées en direct, il n'y avait aucune chance pour que j'apparaisse à l'écran. Et pourtant, j'avais été là un peu plus tôt, on m'avait considéré comme témoin, j'étais tout de même sorti de terre, pour ainsi dire rescapé, du lieu du drame. Aussi me cherchais-je inconsciemment dans la foule qui se pressait derrière le journaliste.

Ils ont fini par se décourager et par nous inviter à regarder un téléfilm en attendant de nouvelles informations. J'ai éteint le poste et allumé la radio.

Là, ils avaient mené une meilleure enquête et, après avoir confirmé la thèse de l'attentat — une bombe, sans doute de fabrication artisanale, avait été déposée dans la deuxième voiture —, ils ont donné le bilan humain : cinq morts et vingt-trois blessés. Ils précisaient qu'aucun des blessés n'était atteint grièvement et que tous étaient soignés sur place. On déplorait la mort de trois femmes et de deux hommes. L'une des trois femmes, venait-on d'apprendre de source policière, était une très jeune fille.

Une très jeune fille dans la deuxième voiture.

J'ai revu cette presque enfant en jean, avec ses grosses chaussures militaires et ses cheveux courts. Je l'ai revue traversant le quai au pas de course, comme invitée à mourir par l'homme au blouson jaune qui lui avait tenu ouverte la porte de l'enfer avant de s'éloigner, nonchalant, vers la vie.

Des sentiments contradictoires se bousculaient en moi. Je me sentais en même temps glacé d'horreur, frôlé par cet événement effroyable, mais, et j'aurais dû en avoir honte, animé aussi par une espèce d'exaltation. Oui, quelque chose comme de l'enthousiasme coulait bien dans mes veines. Ce même enthousiasme qui avait dû soulever la jeune fille, justement, lorsqu'elle avait atteint la rame : celui que suscitent toujours les réussites très étroites.

Je me disais vaguement que j'avais échappé de justesse à un attentat très meurtrier. Et je refusais de reconnaître qu'en réalité je n'avais échappé à rien du tout. Je n'avais jamais eu le projet de monter dans ce métro. Même si Sandrine était venue à notre rendez-vous, je n'y serais pas monté. C'est elle qui en serait descendue. Et c'est elle qui, alors, aurait pu à bon droit se sentir miraculée.

J'éprouvais donc une sorte de joie qui non seulement était malsaine mais encore n'avait aucun fondement.

Mais doit-on vraiment parler de joie ? Il s'agissait plutôt de soulagement. La satisfaction du survivant, rien de plus. Une sensation plutôt flasque qui s'accompagnait d'une grande faiblesse. Je me suis assoupi

*

Le téléphone sonnait. J'ai tendu la main vers la table de nuit, mais je n'étais pas dans ma chambre. De toute façon, la sonnerie provenait de l'entrée. Quelqu'un insistait. Sandrine, sans doute, qui ne retrouvait pas sa clé. Je me souviens qu'alors un accès d'émotion, d'impatience, m'a embrasé. J'ai eu envie de la serrer dans mes bras. Plus que du désir. De l'amour, oui. De l'amour à nouveau ? Non, de l'amour encore.

*

Sur le palier, il y avait deux hommes au visage grave. Ils ont dit qu'ils venaient au sujet de Sandrine.

— Elle est sortie.

— Oui, monsieur, c'est pourquoi nous sommes ici. Est-ce que nous pouvons entrer ?

— Mais je ne sais pas si...

Le brun aux cheveux longs a avancé la tête, comme s'il voulait se jeter à l'eau.

— D'après son agenda, vous êtes la personne à prévenir en cas d'accident, a-t-il dit très vite.

— En cas d'accident ?

— Est-ce que nous pouvons entrer, monsieur ?

— Quel accident ?

— Vous n'êtes pas obligé de nous laisser entrer, mais ce serait mieux.

Je les ai conduits au salon. J'ai ramassé mes vêtements couverts de poussière et je suis allé dans la salle de bains où le panier à linge les a avalés.

— Quel accident ? ai-je répété en revenant.

*

Ils sont restés longtemps. Ils ont dû, je crois, me dire plusieurs fois que Sandrine était morte dans l'attentat, dans l'attentat du métro.

— Mais elle n'y était pas.

— Si, elle fait partie des victimes.

— Mais non, elle n'y était pas. Moi, j'y étais.

— Vous y étiez ?

Celui aux cheveux courts a sorti un carnet de sa poche et l'a feuilleté.

— Ah oui, en effet, on a relevé votre identité sur le quai.

Il a refermé son calepin, puis s'est tourné vers son collègue. C'est le collègue qui a parlé.

— Pourquoi vous y étiez ?

On aurait pu penser qu'ils me soupçonnaient. Je leur ai expliqué tout notre scénario, à Sandrine et à moi. Et, au fur et à mesure que je la racontais, cette histoire m'apparaissait un peu idiote. Pas très plausible, en tout cas. Et j'ai bien vu qu'ils me regardaient bizarrement.

J'étais mal à l'aise. Je regrettais déjà d'avoir livré mes petits secrets à des inconnus. À des policiers, en plus. C'est sans doute pour cette raison que je ne les ai pas renseignés lorsqu'ils m'ont posé cette question à laquelle il m'aurait pourtant été facile de répondre :

— Il est bien sûr trop tôt pour ouvrir des pistes sérieuses, mais plusieurs personnes ont évoqué un voyageur qui avait un comportement étrange sur le quai de Vincennes, avant de monter dans la rame, justement dans la deuxième voiture. Comme aucun individu ne correspondait à son signalement parmi les passagers évacués, nous pensons qu'il est descendu à Nation. Donc, vous auriez pu le voir. C'était un homme jeune, de haute taille, vêtu d'un blouson jaune vif, avec à la main un sac de sport bleu.

C'était lui. Je m'en souvenais parfaitement. Le sac de sport, il ne l'avait plus en descendant. C'était bien lui. Il suffisait que je dise un mot, un seul et leurs soupçons se transformeraient en certitudes, leur piste en traque. Oui. Il suffisait que je dise oui.

Seulement voilà, j'appartiens à une génération qui a accumulé en plus de trente ans bien des renoncements, bien des mollesses, mais pour laquelle certains principes demeurent non négociables. Par exemple : on n'aide pas la police. Jamais.

— Non, je n'ai rien remarqué.

*

Je ne sais plus ce qui s'est passé ensuite. Comment ni quand ils sont partis. Je me suis juste retrouvé seul. Je m'étais résigné à une rupture et il fallait maintenant que je surmonte un deuil.

— Et pour l'identification ? a questionné cheveux-longs.

— Plus tard... C'est possible, plus tard ?

— Oui... Vous serez convoqué... Sauf si vous connaissez un signe particulier... Alors, vous ne seriez pas obligé de voir le corps, parce que... Eh bien, n'est-ce pas... C'est une bombe, vous comprenez...

Je comprenais.

— Elle avait une tache de vin sur la nuque, à la

racine des cheveux. Une sorte de fleur à trois pétales. Une fleur de lys.

Il notait. Il écrivait que Sandrine avait une tache sur la nuque. Si la nuque de Sandrine était reconnaissable au milieu de la bouillie de chairs qu'était sans doute Sandrine, je ne serais pas convoqué. Sinon... Sinon quoi ? Si elle n'était pas reconnaissable, comment pourrais-je la reconnaître ?

— J'espère que ça suffira, dit-il gentiment en rempochant son carnet.

Au fond, ils se montraient plutôt bienveillants, plutôt compatissants. À cet instant, s'ils avaient repris leur interrogatoire, je leur aurais tout dit pour le jeune homme au blouson jaune, mais ils s'étaient déjà levés pour partir.

*

C'est quelques minutes plus tard, je crois, que ma vie a commencé à me filer entre les doigts. Tout s'est mis à se mélanger, à dériver.

Je venais de refermer la porte sur mes visiteurs et j'avais l'intention de retourner au salon pour réfléchir à tout ça, pour essayer de comprendre, mais je n'ai pas pu faire un pas et je me suis adossé à la plaque métallique du blindage. Mais ça n'a pas suffi. Je n'ai même pas été capable de tenir debout. Je me suis laissé glisser par terre et je suis resté là longtemps. Des heures entières peut-être, puisque, à un moment, la clarté du jour est tombée devant mes pieds, depuis la porte ouverte de la cuisine. Il se peut aussi que j'aie dormi, assis, le menton sur la poitrine, comme un poivrot.

Je me suis pourtant lavé, rasé, préparé. Je suis allé travailler. J'accomplissais les gestes de tous les jours sans difficulté, mais une partie de moi était demeurée dans le couloir de l'appartement, à se demander comment il était possible que Sandrine fût morte alors qu'elle n'était pas venue à notre rendez-vous. Pourtant, elle était morte, tout le monde le savait, même la presse écrite le savait qui publiait la liste terrible, même mes collègues qui avaient tous un journal à la main et sur le visage une expression contrite, fuyante, et pour tout dire cléricale, dont je ne m'expliquais pas qu'elle ne me fît pas éclater de rire.

La jeune fille s'appelait Sophie. Ils avaient trouvé d'elle une photographie où elle semblait encore engluée dans l'enfance, avec ses tresses terminées par de petits rubans noués ; mais où son regard et son sourire se projetaient déjà résolument vers autre chose. Autre chose qui n'adviendrait plus.

Sandrine aussi me fixait, amusée. Belle, tout simplement.

Et, pendant des jours, peut-être des semaines, les yeux rivés à l'écran de mon ordinateur, j'ai continué à réaliser les mêmes opérations comptables qu'avant, exactement comme si rien ne s'était passé. Et cela sans flancher.

Jusqu'à hier soir.

Le plus difficile, au bout de cette routine, c'était de rentrer à la maison. Je repoussais l'épreuve. Je dînais dehors, traînais un peu dans les rues, dans les bars, ne revenant qu'à la nuit pour me coucher sans allumer trop de lampes. Le désordre gagnait du terrain et je ne faisais rien pour le contrarier, car il me rendait peu à peu les lieux méconnaissables.

Je souffrais davantage de l'absence de Sandrine que de sa mort. Au fond, sa mort, je n'y croyais pas. Elle m'avait quitté et tout le reste était quelque mauvaise fiction, destinée uniquement à me forcer la main sur le chapitre du chagrin ; mais c'était raté, parce que du chagrin, je n'en avais pas. En tout cas pas celui qu'on peut ressentir lorsqu'un proche disparaît. Non, je ne pense pas que j'avais du chagrin. De la colère, peut-être. Contre Sandrine. Contre moi. Contre cette idée idiote de se fixer rendez-vous à cet endroit, à cette heure. Contre ZEUS aussi, qui m'avait tant séduit sur le moment. On devrait toujours se méfier de la séduction des dieux.

J'ai eu envie de l'éprouver, ce chagrin qui se refusait à moi. J'avais l'impression qu'il pouvait m'aider à sortir de ce déséquilibre dont je devais me contenter J'ai composé le numéro que m'avaient laissé les policiers. Au bout de quelques relais entrecoupés d'une musique guillerette, j'ai reconnu la voix de cheveux-courts. Au terme de notre conversation, je l'ai remercié et j'ai raccroché. Après quoi, j'ai essayé de donner un sens à ce qu'il venait de me dire.

À ma première question, n'avait-il pas répondu :

— Nous ne vous avons pas rappelé parce que la famille de la victime nous a contactés dès la lecture des journaux et que son frère s'est présenté spontanément pour l'identification. D'ailleurs, celle-ci a été possible surtout grâce à la tache que vous nous aviez indiquée et dont ce monsieur a confirmé l'existence.

Et à la deuxième :

— Le corps a été réclamé. L'enterrement devait avoir lieu en province, dans le caveau familial.

J'ai imaginé Sandrine couchée auprès de ces ombres dont elle ne voulait plus entendre parler, escortée par la tribu entière, toutes larmes dehors. Ceux-là mêmes qui lui avaient claqué la porte au nez lors de ce qu'elle qualifiait, rieuse, de « grand schisme de mes dix-huit ans », sans toutefois livrer le moindre indice sur la blessure que cachait cette désinvolture.

C'est à ce moment-là, me semble-t-il, que j'ai vraiment pris conscience de la mort de Sandrine. De la corruption de son corps. De la vaporisation de son esprit. C'est là que mon deuil a commencé.

Et, ce soir-là, j'ai éprouvé le désir de redescendre dans le métro.

En sortant du bureau, au lieu de marcher, au lieu d'entamer ma tournée quotidienne des bars, je me suis dirigé vers la station Nation du RER et, parvenu sur le quai, je me suis assis sur le siège que j'occupais le jour où j'ai vu Sandrine pour la dernière fois ; sans la voir puisqu'elle n'était pas venue à notre rendez-vous ; mais en la voyant tout de même puisqu'elle était là, au bout du compte. Puisqu'elle était venue là. Qu'elle était venue mourir là. Sous mes yeux, presque. Pour me reprocher quoi ?

Et, pour la première fois depuis que tout s'était arrêté, j'ai ressenti quelque chose. J'ai eu l'impression d'avoir trouvé ma place. Je respirais mieux. Cette lassitude qui me collait aux semelles s'allégeait. Ma vie reprenait son cours normal.

J'ai pleuré. Longtemps, j'ai pleuré.

Je suis resté jusqu'à la fermeture à regarder les voyageurs arriver, attendre, monter dans les rames, en descendre, rire, parler... comme si Sandrine n'était pas morte. Comme si, un après-midi, un jeune homme vêtu d'un blouson jaune n'avait pas posé une bombe dont le souffle n'avait pas encore fini de mettre mes pensées sens dessus dessous.

*

Je suis revenu le lendemain, et tous les autres jours. Me retrouver là était une nécessité, comme dormir quand on en a besoin. Je m'asseyais et c'était un peu comme si je devenais invisible.

Et ça a duré comme cela jusqu'à hier soir. Ça aurait pu durer beaucoup plus. Des années. Mais sans doute fallait-il qu'il y ait un terme, à un moment ou à un autre.

C'était hier soir.

Un soir comme les autres, pourtant. Comme tous les autres depuis que l'enquête était close.

Depuis que l'enquête était close, je ne me satisfaisais plus de venir m'asseoir là à regarder les gens monter dans les trains et en descendre, j'avais pris le relais de la police.

Parce que moi, je savais. Moi, j'avais vu le jeune homme sortir de la rame à la toute dernière seconde, sans son sac. Ce jeune-homme-avec-un-sac-de-sport, il avait les mains vides, en s'éloignant sur le quai. C'était lui Et il allait peut-être recommencer, pourquoi pas ?

Dans un communiqué de trente secondes à la radio et de dix lignes dans les journaux, la police annonçait comme une victoire sa certitude que le poseur de bombe du RER avait été lui-même tué par son engin, qui avait sans doute explosé plus tôt que prévu, l'empêchant de s'échapper à temps. L'enquête de la balistique concluait en effet que l'explosion avait eu lieu entre les pieds de l'une des victimes. Or, cet homme, un universitaire, était déjà connu des services de police pour son appartenance à un groupe d'intervention urbaine d'inspiration situationniste jusque-là considéré comme peu dangereux. Interpellés et longuement interrogés, ses camarades avaient finalement tous été relâchés. Le terroriste avait, semblait-il, agi seul à la suite d'une dérive psychologique sans doute due au surmenage. Pour bien montrer que rien n'avait été laissé au hasard, on précisait qu'une investigation poussée avait aussi été menée dans les milieux homosexuels de la capitale que fréquentait l'individu.

Évidemment, situationniste, universitaire et homosexuel constituaient un tableau chargé et l'aubaine d'un profil à endosser n'importe quelle culpabilité. Mais c'était compter sans ce que j'avais vu. C'était compter sans moi. C'était compter, tout simplement, sans la vérité.

J'aurais tant voulu remonter à cette seconde où le jeune homme était encore là, à quelques mètres de moi. Je l'aurais rattrapé, plaqué au sol, livré aux vigiles. J'aurais tout arrêté. La jeune fille rirait, l'universitaire ne serait pas injustement traîné dans la boue, Sandrine m'aimerait.

À force de l'espérer, ce poseur de bombe, je me suis mis à l'attendre. Certain que tôt ou tard il céderait à l'envie de revenir sur le lieu de son crime, jour après jour je suis descendu le guetter sur ce quai. Jour après jour, jusqu'à hier.

Et hier, hier soir, tout a basculé.

*

Il était là.

Nous n'en étions plus aux déclarations définitives, aux « nous avons acquis la certitude que », « c'est l'acte isolé d'un intellectuel surmené qui a décroché du réel », « il ne fait plus le moindre doute que », puisque l'autre était là. Le vrai. Sous mes yeux, avançant dans ma direction. L'homme au blouson jaune !

D'abord, je ne l'ai pas reconnu puisqu'il est entré sur le quai par le fond, comme la jeune fille qui courait, ce jour-là. Et il s'est approché, en tirant un peu la patte. C'est drôle, ce qui m'a retenu d'abord, ce n'est pas son blouson jaune, mais sa façon de marcher. J'avais associé cette raideur à la terreur, à l'angoisse, à l'horreur de l'acte qu'il venait de commettre, et voici que je la retrouvais. Peut-être s'apprêtait-il à recommencer, à placer une autre bombe, dans le même métro ? Un peu plus loin, cette fois, puisqu'il embarquait là où il avait débarqué ? Et aujourd'hui, il n'avait pas dissimulé l'engin dans un sac de sport, mais dans cette mallette de cuir qu'il tenait au bout du bras comme n'importe quel employé rentrant du travail.

Immobile au bord du quai, il me tournait maintenant le dos. C'était lui ! Son image se superposait exactement à celle de ma mémoire. Celle de l'homme qui s'éloignait, avec sa drôle de démarche.

Je me suis levé. J'allais le suivre. Cette fois, je ne le laisserais pas massacrer les gens. S'il abandonnait sa mallette, je la ramasserais, sortirais derrière lui et la jetterais sur les voies après le départ du train. S'il descendait à la toute dernière seconde, comme l'autre fois...

... parce que je venais de comprendre pourquoi il y avait eu deux sonneries : il avait attendu le plus possible avant de descendre et il avait fait en sorte que la pauvre jeune fille monte dans la rame pour ne pas se retrouver avec elle sur le quai en risquant qu'elle l'identifie par la suite...

... eh bien, s'il recommençait, je pourrais toujours alerter les voyageurs pour que nous nous regroupions tous à l'autre extrémité de la voiture.

Et puis je crois que je n'ai même pas réfléchi à tout cela. Je l'ai suivi, voilà tout.

Une fois dans le train, il a posé sa mallette entre ses

pieds. Je pouvais enfin détailler son visage. Il regardait devant lui, avec l'air de ne rien voir. Un voyageur parmi d'autres. Un jeune homme banal, à la mine sereine, presque distraite.

Gare-de-Lyon, il a repris sa mallette et je l'ai suivi sur le quai. Je me souviens d'un petit pincement de déception. Non que je me sois mis à douter. L'homme au blouson jaune restait l'homme au blouson jaune. Mais peut-être n'allait-il rien tenter aujourd'hui.

Il emprunta le couloir de sortie. Je marchais à une vingtaine de mètres derrière lui. Je ne savais plus très bien dans quel but je le suivais. J'aurais voulu l'aborder pour lui demander pourquoi il avait tué Sandrine.

Sur le boulevard, au-delà de la place, son grand dos jaune avançait lentement, un peu instable à chaque pas. Il devait tout bonnement rentrer chez lui. Son adresse ne représentait-elle pas une information de premier ordre pour déjouer ses crimes futurs ?

Il tourna dans la petite rue, à droite, et entra dans le deuxième immeuble après le coin. C'était une de ces belles bâtisses en pierre dont Haussmann a doté Paris aux alentours des gares. Là, il fallait que je me décide à lui parler ou que je déclare forfait. Je m'en suis remis au sort : si le code fonctionnait aussi dans la journée, je ne pourrais pas aller plus loin et c'était tant pis. J'avais son adresse. Rien ne m'empêchait de revenir flâner par ici et de lui adresser la parole, un autre jour, chez un commerçant du quartier.

Mais si la porte s'ouvrait, j'entrais.

La porte s'ouvrit. Au fond du hall, une seconde

porte, vitrée celle-ci, se refermait lentement. Il venait de la franchir. Je débouchai dans une cour où il composait un code pour pénétrer dans le second immeuble. Ici, je n'aurais pas la même chance.

J'allais battre en retraite en le voyant disparaître à l'intérieur quand, remarquant ma présence au milieu de la cour, il retint le vantail pour moi. Je traversais promptement les quelques mètres qui me séparaient de lui.

— Merci.

Et maintenant ?

J'aurais pu lui parler dans le mouvement, mais il me tourna aussitôt le dos pour presser le bouton de l'ascenseur. Nous restâmes côte à côte sans trop oser nous regarder. Je fixais la grille en fer forgé noir. Une image est passée très vite derrière mes yeux : celle de l'enclos où ma mère attendait nos visites, au cimetière du Soleil. Puis la cabine est arrivée. Je l'ai laissé entrer le premier dans la boîte de verre et de bois vernis. Le doigt sur le bouton du cinquième, il m'interrogea du menton.

— Cinquième aussi, dis-je alors que je cherchais encore comment faire face à cette situation.

Il appuya une deuxième fois sur le même bouton, comme si c'était un autre que le sien. Lui non plus n'avait pas prévu cette réponse.

— Vous allez chez Mme Rippert ? demanda-t-il.

Il n'y avait que deux portes à chaque étage, l'une à droite, l'autre à gauche. Cette Mme Rippert devait être loin de se douter qu'elle partageait son palier avec un terroriste.

— Oui.

— Je ne pense pas qu'elle soit déjà rentrée, à cette heure.

— Ah zut. Il faudra que je revienne, alors.

— Je peux lui faire un message...

— Non, je vous remercie, c'est confidentiel.

Il tourna la tête et contempla la petite lampe encastrée dans le plafond. Il devait me prendre pour un assureur ou un huissier. Je redoutai qu'il veuille en savoir plus.

La cabine s'immobilisa. À nouveau, je m'effaçai devant lui. Il alla aussitôt à sa porte et fouilla dans sa mallette en quête de ses clés.

De mon côté, il fallait bien que je sonne à la porte de Mme Rippert. Et si elle était chez elle ? En congé ? Grippée ? Je sonnai.

Pas de réponse. Je sonnai une deuxième fois. Toujours rien.

— Elle n'est pas rentrée, je vous l'avais dit.

Il souriait en refermant sa mallette. Il tenait son trousseau de clés à la main. Il en sélectionna une et l'introduisit dans la serrure de sûreté.

Je voyais sa nuque courbée. Son dos jaune. Il me semble que c'est l'image du dos jaune que je n'ai pas pu supporter. Il allait ouvrir sa porte, entrer, se barricader. Il allait réussir à s'échapper une seconde fois.

Mon esprit aurait pu accepter l'intolérable, mais pas mon corps. Et je ne préméditai rien de ce qui se passa.

Ce fut mon corps seul qui traversa le palier comme un boulet de canon.

Mains en avant, je me ruai en poussant un cri qui me parut terrible mais qui, peut-être, resta au fond de ma gorge. Mes doigts se plaquèrent à son crâne qui alla frapper le battant de la porte en produisant un bruit effroyable. Il glissa verticalement au sol, d'un bloc, comme si je venais de lui couper les jarrets.

Je me penchai vers lui. Il n'avait même pas saigné Le coup devait être moins fort que je ne l'avais cru. Cependant, il était inconscient. Je n'en demandais pas plus.

Je tournai la clé dans la serrure, ouvris la porte, le tirai à l'intérieur par les chevilles et refermai sur nous. Voilà, j'étais à l'abri.

Un seul danger subsistait : une épouse. Ou même une fiancée, des enfants, un colocataire... autant d'importuns qui risquaient de surgir à tout moment. La légende veut que les terroristes soient des loups solitaires, mais c'est la légende. Je fis rapidement le tour de l'appartement. C'était un vaste espace presque vide, avec beaucoup d'appareils informatiques posés sur des bureaux de fortune. Aucune trace d'enfants, aucun vêtement féminin dans les placards. Un seul lit. J'avais affaire à un célibataire. Si une fiancée se présentait, il faudrait improviser.

D'ailleurs, n'avais-je pas commencé à improviser ? Pas vraiment. Il me semblait que j'exécutais un programme établi en dehors de moi. Mais par moi. Oui, celui à qui j'obéissais, qui me dirigeait froidement, entre les mains de qui je me remettais entièrement, aveuglément, en renonçant à mon libre arbitre, c'était moi.

J'avais trouvé dans une commode une paire de gants. Je les enfilai et essuyai tout ce que j'avais touché, jusqu'au trousseau de clés que je replaçai dans la mallette. Comme dans les romans policiers. Et comme dans les romans policiers, j'étais bien résolu à mener mon interrogatoire dès que l'homme au blouson se réveillerait.

Il n'était plus tout à fait l'homme au blouson, puisque je le lui avais ôté pour le suspendre à la patère de l'entrée, à côté d'une veste de laine et d'un imperméable. Je lui avais aussi enlevé ses chaussures.

J'allais l'interroger, oui. Puis, après l'avoir à nouveau assommé, je l'abandonnerais à sa peur et à ses remords. S'il portait plainte, on ne remonterait pas jusqu'à moi puisque je n'aurais laissé ni traces ni empreintes et que personne ne m'aurait vu avec lui. De toute façon, est-ce que ces gens-là portent plainte ?

*

Vers neuf heures, il s'est agité. Je me suis baissé vers lui et je lui ai demandé :

— Pourquoi tu as fait ça ?

Il a soulevé les paupières. Difficilement, parce qu'il avait le visage tout noir et tout gonflé, bien qu'il n'ait même pas saigné du nez. Il allait en avoir pour des jours à souffrir.

— Fait quoi ? a-t-il réussi à articuler d'une voix pâteuse.

— La bombe dans le métro, pourquoi ?

Il m'a regardé longtemps, comme s'il essayait de m'arracher un masque, puis il a fermé les yeux et murmuré :

— Vous êtes fou.

Mais pas comme une question, non. Plutôt comme une constatation. Ou comme une exclusion, oui. Il refusait de parler avec moi. Il ne me considérait pas comme un interlocuteur valable. J'ai compris que rien de ce que j'avais projeté n'allait être possible.

Je suis passé dans la cuisine, à la recherche de quelque chose de lourd. Je n'ai rien trouvé de mieux qu'un poêlon, sous l'évier. Quand je suis revenu il avait rouvert les yeux et, me voyant approcher et lever le bras, il a voulu dire quelque chose mais c'était trop tard. Le coup était déjà parti.

*

Après avoir rincé et rangé le poêlon, je m'étais mis à réfléchir calmement. J'avais envisagé toutes les solutions. C'était la meilleure, il n'y avait pas à en douter. Il suffisait pour cela d'attendre le cœur de la nuit. Je m'étais assis dans un fauteuil et j'avais laissé filer le temps.

Maintenant, il devait être plus de trois heures du matin. Il fallait que je me décide. Il fallait que je sorte d'ici avant le jour si je ne voulais pas rencontrer des locataires dans l'ascenseur ou dans la cour. Ou même que quelqu'un me voie quitter l'immeuble.

Alors, je devais le faire tout de suite, quels que soient les risques d'être surpris.

J'ouvris la fenêtre. En bas, c'était le puits noir de la cour silencieuse. Je saisis à nouveau le terroriste par les chevilles pour l'amener au plus près. Là, je dus le hisser pour le poser en équilibre sur le rebord ; tête, épaules et bras dehors. Il était lourd. Très lourd. Il gémit un peu mais ne se réveilla pas. Parfait. On aurait dit qu'il se penchait pour regarder en dessous. Ou qu'il vomissait. À nouveau les chevilles. Vers le haut, cette fois, d'un coup. Voilà. Quelques secondes. Le bruit d'un gros sac tombé d'un camion.

Je restai dans l'embrasure, prêt au pire. Quelqu'un aurait entendu le choc et se précipiterait à la fenêtre. J'ignorais encore comment je réagirais, alors. Mais rien ne se passa. On peut bien vous jeter du cinquième étage dans votre cour, les Parisiens s'en fichent.

Je n'avais plus qu'à partir. Tirer la porte derrière moi. Je n'étais jamais venu ici. Jamais. La police conclurait à un suicide. Le blouson jaune pendu dans l'entrée ne leur mettrait même pas la puce à l'oreille. L'enquête était close. Ça ne les concernait plus.

Je n'avais pas obtenu les éclaircissements auxquels j'aspirais. Je ne savais toujours pas pourquoi Sandrine était morte, mais au moins je connaissais un peu de soulagement. Justice était faite.

... Non ?...

Non. Cette paix n'aura duré qu'un court moment. Cette sérénité.

Comme je m'apprêtais à ranger les gants dans leur commode, j'ai longé une table de travail. À côté de l'ordinateur étaient disposés, bien en évidence, quelques feuillets et plusieurs enveloppes libellées. Qu'est-ce qui m'a poussé à m'arrêter pour lire cette paperasse ? L'espoir, peut-être, d'y découvrir des aveux.

Il s'agissait de *curriculum vitae* : ainsi, le tueur cherchait du travail ! Il donnait le détail de ses compétences. De ses références.

Instantanément mon corps entier s'est couvert de sueur. Même mes cheveux se sont mouillés, comme sous une averse.

Il rentrait juste d'un stage de formation d'un an aux États-Unis. Le jour de l'attentat, il ne se trouvait pas à Paris. Même pas en France.

Ce n'était pas lui.

Et moi je glissais du statut de justicier à celui d'assassin.

Je ne me rappelle plus ce que j'ai fait pendant plusieurs secondes — plusieurs minutes ? Il me semble bien que j'ai couru à la fenêtre avec le dessein idiot de le rattraper, de le remonter. À moins que je n'aie eu l'intention de sauter à mon tour, pour l'accompagner.

Je me suis tout de même ressaisi. Je suis allé ranger les gants et j'ai utilisé mon mouchoir pour ouvrir la porte palière que j'ai laissé se refermer toute seule derrière moi.

J'ai traversé la cour en regardant droit devant.

Une fois dans la rue, je ne voulais pas rentrer chez moi. J'avais l'impression que quelque chose de désagréable m'y attendait. Un reproche, peut-être. Un remords. J'ai marché.

Longtemps, j'ai marché.

Je suis descendu au bord de la Seine. J'aurais volontiers disparu dans l'eau noire. Mais le garçon au blouson jaune m'en a empêché. Pas celui de cette nuit, non. L'autre, le vrai. Il se promenait toujours et je finirais bien par le retrouver.

J'avais pris la décision de le retrouver et je le retrouverais.

À l'heure de l'ouverture des grilles, je suis retourné dans le métro et suis monté dans la première rame qui conduisait à Nation. Là, j'ai emprunté escaliers et couloirs pour gagner l'autre quai. J'ai réintégré ma place. Il y avait déjà beaucoup de monde mais personne sur les sièges. Le train est arrivé.

Quelques instants, j'ai été tout seul sur le quai. À cette heure-là, on n'attend pas. On se règle sur les horaires. D'autres voyageurs sont apparus, mais aucun ne s'est assis. Il me restait encore plus de deux heures avant d'aller travailler. Plus d'une heure si je voulais passer chez moi pour me raser et me changer. J'éprouvais une vague nausée et une sorte d'engourdissement.

*

— Gabichou, tu es là ?

Je ne reconnais pas la voix de maman, mais je sais

que c'est elle qui me parle. Elle avait inventé ce petit nom que jamais personne d'autre n'a employé.

Le cimetière du Soleil a changé. Ou bien j'ai changé. Ou bien ma mémoire me joue des tours. J'en ai tellement fréquenté, des cimetières... En revanche, le petit enclos en fer forgé de maman a conservé tout son éclat avec sa peinture noire laquée et ses motifs argentés. En face, à la tête, il y a toujours la grosse croix ouvragée, et en son centre le cœur sur lequel le nom de maman est écrit en relief au-dessus de deux dates. Toute sa vie. Une si courte vie. Je pourrais bien, aujourd'hui, être le père de ma mère.

Papa aurait dû venir. J'aurais été content de l'embrasser. La dernière fois que je l'ai vu, il allait mourir. Il mourait. Je me suis penché vers lui pour entendre ce qu'il essayait de me dire. De ses lèvres entrouvertes s'échappait déjà l'odeur de la mort.

— Souviens-toi, petit, des femmes, on en croise beaucoup, mais on n'en aime qu'une. Et encore, si on a de la chance. Moi, j'ai eu cette chance : j'ai aimé ta mère. J'aurais dû m'en aller avec elle, en plein amour. Il faut savoir partir.

— Il faut savoir partir, Gabichou, dit maman, tout près.

Si j'ouvrais les yeux, je suis sûr que je la verrais.

*

Je me suis réveillé en sursaut, la bouche mauvaise. J'ai regardé ma montre. J'avais dormi près de trois heures. Il était trop tard pour le bureau. Trop tard pour bien des choses. Mon chagrin avait disparu ; il ne restait plus que de la fatigue. C'est là que j'ai pensé pour la première fois que je n'irais peut-être plus nulle part, ni au bureau ni chez moi.

À la fermeture des grilles, je remonterais marcher dans les rues et je redescendrais pour le premier métro. Et je dormirais ici, comme tout à l'heure. Maman n'aurait plus de mal à me retrouver, maintenant.

Un jour, à bout de lassitude, je n'arriverais pas jusqu'ici, je m'assoirais par terre dans le couloir pour me reposer. Seulement pour reprendre souffle. Mais quelqu'un laisserait tomber une pièce à mes genoux et ce serait le début d'une autre vie. Une vie sans bouger, sans parler. Une vie sans comptes à rendre.

J'étais résigné à cela. Impatient presque.

Et puis je l'ai vu.

Il était là, devant moi. Au bord du quai. Je le voyais de dos. C'était lui. Il ne boitillait pas, mais c'était lui. Il ne portait pas de blouson jaune, mais quelle importance ? C'était lui. J'en étais sûr.

Il était venu me délivrer.

En une seconde, j'ai échafaudé mon plan. J'allais m'approcher de lui, par-derrière, et attendre. Le train entrerait dans la station, longerait le quai. Et au dernier moment, hop, un coup d'épaule. Il ferait un beau soleil sur les rails. Le conducteur freinerait, épouvanté, mais trop tard. Le gentil jeune homme, ce salaud, serait broyé.

Mais on allait m'arrêter, m'interroger. Il faudrait

que je me justifie. Je ne voulais plus rien expliquer. Je ne voulais plus parler. À personne. Jamais.

Puis, j'ai trouvé la solution et maintenant je me tiens prêt : le coup d'épaule, je le lui donne et je plonge derrière lui. On sera soulagés tous les deux. C'est une dette dont je m'acquitte envers Sandrine. La raison de sa présence dans ce métro, ce jour-là, reste une énigme. Mais je veux la rejoindre. Je n'ai que trop tardé. « Il faut savoir partir », a dit maman. Je ne suis plus vraiment certain non plus que ce jeune homme, là-bas, soit bien celui que j'ai vu descendre de la rame avec son blouson jaune. Et alors ? J'ai une conviction : il est temps d'en finir. Oui, il est temps que cela finisse. Le jeune homme me tourne toujours le dos. Le train est annoncé. Je me lève.

DU MÊME AUTEUR

Aux Éditions du Mercure de France

CHEZ LOUISE, 1984

ON ÉTAIT HEUREUX LES DIMANCHES, 1987

MÉMOIRES D'UN ANGE, 1991

MARTHE JUSQU'AU SOIR, 1993 (Folio n° 2671)

MONSIEUR HENRI, 1994. Prix des Deux Magots

JUSTE AVANT LA NUIT, 1998 (Folio n° 3333)

COMÉDIEN, 2000 (Folio n° 3661)

DIX-NEUF SECONDES, 2003 (Folio n° 4209). Prix du Roman Fnac 2003

Chez d'autres éditeurs

DEUX OU TROIS RENDEZ-VOUS, *roman,* Slatkine, 1982

FRANCIS BACON, LE RING DE LA DOULEUR, Ramsay/Archimbaud, 1966, rééd. Le Dilettante, 2004

DIMANCHE PROCHAIN, *théâtre,* L'Avant-Scène, n° 1001, 1997. Prix CIC

LA CRISE DE FOI(E), *conte,* Arléa, 1999

RAMEAU LE FOU, d'après Diderot, *théâtre,* Séguier/Archimbaud, 2001

FIGURE, *théâtre,* L'Avant-Scène, n° 1140, 2003

L'OISEAU, *essai,* Stock, 2004

COLLECTION FOLIO

Dernières parutions

3939.	François Armanet	*La bande du drugstore.*
3940.	Roger Martin du Gard	*Les Thibault III.*
3941.	Pierre Assouline	*Le fleuve Combelle.*
3942.	Patrick Chamoiseau	*Biblique des derniers gestes.*
3943.	Tracy Chevalier	*Le récital des anges.*
3944.	Jeanne Cressanges	*Les ailes d'Isis.*
3945.	Alain Finkielkraut	*L'imparfait du présent.*
3946.	Alona Kimhi	*Suzanne la pleureuse.*
3947.	Dominique Rolin	*Le futur immédiat.*
3948.	Philip Roth	*J'ai épousé un communiste.*
3949.	Juan Rulfo	*Le Llano en flammes.*
3950.	Martin Winckler	*Légendes.*
3951.	Fédor Dostoïevski	*Humiliés et offensés.*
3952.	Alexandre Dumas	*Le Capitaine Pamphile.*
3953.	André Dhôtel	*La tribu Bécaille.*
3954.	André Dhôtel	*L'honorable Monsieur Jacques.*
3955.	Diane de Margerie	*Dans la spirale.*
3956.	Serge Doubrovski	*Le livre brisé.*
3957.	La Bible	*Genèse.*
3958.	La Bible	*Exode.*
3959.	La Bible	*Lévitique-Nombres.*
3960.	La Bible	*Samuel.*
3961.	Anonyme	*Le poisson de jade.*
3962.	Mikhaïl Boulgakov	*Endiablade.*
3963.	Alejo Carpentier	*Les Élus* et autres nouvelles.
3964.	Collectif	*Un ange passe.*
3965.	Roland Dubillard	*Confessions d'un fumeur de tabac français.*
3966.	Thierry Jonquet	*La leçon de management.*
3967.	Suzan Minot	*Une vie passionnante.*
3968.	Dann Simmons	*Les Fosses d'Iverson.*
3969.	Junichirô Tanizaki	*Le coupeur de roseaux.*
3970.	Richard Wright	*L'homme qui vivait sous terre.*
3971.	Vassilis Alexakis	*Les mots étrangers.*
3972.	Antoine Audouard	*Une maison au bord du monde.*
3973.	Michel Braudeau	*L'interprétation des singes.*
3974.	Larry Brown	*Dur comme l'amour.*
3975.	Jonathan Coe	*Une touche d'amour.*
3976.	Philippe Delerm	*Les amoureux de l'Hôtel de Ville.*
3977.	Hans Fallada	*Seul dans Berlin.*

3978. Franz-Olivier Giesbert	*Mort d'un berger.*
3979. Jens Christian Grøndahl	*Bruits du cœur.*
3980. Ludovic Roubaudi	*Les Baltringues.*
3981. Anne Wiazemski	*Sept garçons.*
3982. Michel Quint	*Effroyables jardins.*
3983. Joseph Conrad	*Victoire.*
3984. Émile Ajar	*Pseudo.*
3985. Olivier Bleys	*Le fantôme de la Tour Eiffel.*
3986. Alejo Carpentier	*La danse sacrale.*
3987. Milan Dargent	*Soupe à la tête de bouc.*
3988. André Dhôtel	*Le train du matin.*
3989. André Dhôtel	*Des trottoirs et des fleurs.*
3990. Philippe Labro/ Olivier Barrot	*Lettres d'Amérique. Un voyage en littérature.*
3991. Pierre Péju	*La petite Chartreuse.*
3992. Pascal Quignard	*Albucius.*
3993. Dan Simmons	*Les larmes d'Icare.*
3994. Michel Tournier	*Journal extime.*
3995. Zoé Valdés	*Miracle à Miami.*
3996. Bossuet	*Oraisons funèbres.*
3997. Anonyme	*Jin Ping Mei I.*
3998. Anonyme	*Jin Ping Mei II.*
3999. Pierre Assouline	*Grâces lui soient rendues.*
4000. Philippe Roth	*La tache.*
4001. Frederick Busch	*L'inspecteur de nuit.*
4002. Christophe Dufossé	*L'heure de la sortie.*
4003. William Faulkner	*Le domaine.*
4004. Sylvie Germain	*La Chanson des mal-aimants.*
4005. Joanne Harris	*Les cinq quartiers de l'orange.*
4006. Leslie kaplan	*Les Amants de Marie.*
4007. Thierry Metz	*Le journal d'un manœuvre.*
4008. Dominique Rolin	*Plaisirs.*
4009. Jean-Marie Rouart	*Nous ne savons pas aimer.*
4010. Samuel Butler	*Ainsi va toute chair.*
4011. George Sand	*La petite Fadette.*
4012. Jorge Amado	*Le Pays du Carnaval.*
4013. Alessandro Baricco	*L'âme d'Hegel et les vaches du Wisconsin.*
4014. La Bible	*Livre d'Isaïe.*
4015. La Bible	*Paroles de Jérémie-Lamentations.*

4016. La Bible	*Livre de Job.*
4017. La Bible	*Livre d'Ezéchiel.*
4018. Frank Conroy	*Corps et âme.*
4019. Marc Dugain	*Heureux comme Dieu en France.*
4020. Marie Ferranti	*La Princesse de Mantoue.*
4021. Mario Vargas Llosa	*La fête au Bouc.*
4022. Mario Vargas Llosa	*Histoire de Mayta.*
4023. Daniel Evan Weiss	*Les cafards n'ont pas de roi.*
4024. Elsa Morante	*La Storia.*
4025. Emmanuèle Bernheim	*Stallone.*
4026. Françoise Chandernagor	*La chambre.*
4027. Philippe Djian	*Ça, c'est un baiser.*
4028. Jérôme Garcin	*Théâtre intime.*
4029. Valentine Goby	*La note sensible.*
4030. Pierre Magnan	*L'enfant qui tuait le temps.*
4031. Amos Oz	*Les deux morts de ma grand-mère.*
4032. Amos Oz	*Une panthère dans la cave.*
4033. Gisèle Pineau	*Chair Piment.*
4034. Zeruya Shalev	*Mari et femme.*
4035. Jules Verne	*La Chasse au météore.*
4036. Jules Verne	*Le Phare du bout du Monde.*
4037. Gérard de Cortanze	*Jorge Semprun.*
4038. Léon Tolstoï	*Hadji Mourat.*
4039. Isaac Asimov	*Mortelle est la nuit.*
4040. Collectif	*Au bonheur de lire.*
4041. Roald Dahl	*Gelée royale.*
4042. Denis Diderot	*Lettre sur les Aveugles.*
4043. Yukio Mishima	*Martyre.*
4044. Elsa Morante	*Donna Amalia.*
4045. Ludmila Oulitskaïa	*La maison de Lialia.*
4046. Rabindranath Tagore	*La petite mariée.*
4047. Ivan Tourguéniev	*Clara Militch.*
4048. H.G. Wells	*Un rêve d'Armageddon.*
4049. Michka Assayas	*Exhibition.*
4050. Richard Bausch	*La saison des ténèbres*
4051. Saul Bellow	*Ravelstein.*
4052. Jerome Charyn	*L'homme qui rajeunissait.*
4053. Catherine Cusset	*Confession d'une radine.*
4055. Thierry Jonquet	*La Vigie* (à paraître).

4056. Erika Krouse — *Passe me voir un de ces jours.*
4057. Philippe Le Guillou — *Les marées du Faou.*
4058. Frances Mayes — *Swan.*
4059. Joyce Carol Oates — *Nulle et Grande Gueule.*
4060. Edgar Allan Poe — *Histoires extraordinaires.*
4061. George Sand — *Lettres d'une vie.*
4062. Frédéric Beigbeder — *99 francs.*
4063. Balzac — *Les Chouans.*
4064. Bernardin de Saint Pierre — *Paul et Virginie.*
4065. Raphaël Confiant — *Nuée ardente.*
4066. Florence Delay — *Dit Nerval.*
4067. Jean Rolin — *La clôture.*
4068. Philippe Claudel — *Les petites mécaniques.*
4069. Eduardo Barrios — *L'enfant qui devint fou d'amour.*
4070. Neil Bissoondath — *Un baume pour le cœur.*
4071. Jonahan Coe — *Bienvenue au club.*
4072. Toni Davidson — *Cicatrices.*
4073. Philippe Delerm — *Le buveur de temps.*
4074. Masuji Ibuse — *Pluie noire.*
4075. Camille Laurens — *L'Amour, roman.*
4076. François Nourissier — *Prince des berlingots.*
4077. Jean d'Ormesson — *C'était bien.*
4078. Pascal Quignard — *Les Ombres errantes.*
4079. Isaac B. Singer — *De nouveau au tribunal de mon père.*
4080. Pierre Loti — *Matelot.*
4081. Edgar Allan Poe — *Histoires extraordinaires.*
4082. Lian Hearn — *Le clan des Otori, II : les Neiges de l'exil.*
4083. La Bible — *Psaumes.*
4084. La Bible — *Proverbes.*
4085. La Bible — *Évangiles.*
4086. La Bible — *Lettres de Paul.*
4087. Pierre Bergé — *Les jours s'en vont je demeure.*
4088. Benjamin Berton — *Sauvageons.*
4089. Clémence Boulouque — *Mort d'un silence.*
4090. Paule Constant — *Sucre et secret.*
4091. Nicolas Fargues — *One Man Show.*
4092. James Flint — *Habitus.*
4093. Gisèle Fournier — *Non-dits.*

4094. Iegor Gran *O.N.G.!*
4095. J.M.G. Le Clézio *Révolutions.*
4096. Andréï Makine *La terre et le ciel de Jacques Dorme.*
4097. Collectif *«Parce que c'était lui, parce-que c'était moi».*
4098. Anonyme *Saga de Gísli Súrsson.*
4099. Truman Capote *Monsieur Maléfique* et autres nouvelles.
4100. E.M. Cioran *Ébauches de vertige.*
4101. Salvador Dali *Les moustaches radar.*
4102. Chester Himes *Le fantôme de Rufus Jones* et autres nouvelles.
4103. Pablo Neruda *La solitude lumineuse.*
4104. Antoine de St-Exupéry *Lettre à un otage.*
4105. Anton Tchekhov *Une banale histoire.*
4106. Honoré de Balzac *L'Auberge rouge.*
4107. George Sand *Consuelo I.*
4108. George Sand *Consuelo II.*
4109. André Malraux *Lazare.*
4110 Cyrano de Bergerac *L'autre monde.*
4111 Alessandro Baricco *Sans sang.*
4112 Didier Daeninckx *Raconteur d'histoires.*
4113 André Gide *Le Ramier.*
4114. Richard Millet *Le renard dans le nom.*
4115. Susan Minot *Extase.*
4116. Nathalie Rheims *Les fleurs du silence.*
4117. Manuel Rivas *La langue des papillons.*
4118. Daniel Rondeau *Istanbul.*
4119. Dominique Sigaud *De chape et de plomb.*
4120. Philippe Sollers *L'Étoile des amants.*
4121. Jacques Tournier *À l'intérieur du chien.*
4122. Gabriel Sénac de Meilhan *L'Émigré.*
4123. Honoré de Balzac *Le Lys dans la vallée.*
4124. Lawrence Durrell *Le Carnet noir.*
4125. Félicien Marceau *La grande fille.*
4126. Chantal Pelletier *La visite.*
4127. Boris Schreiber *La douceur du sang.*
4128. Angelo Rinaldi *Tout ce que je sais de Marie.*
4129. Pierre Assouline *État limite.*
4130. Élisabeth Barillé *Exaucez-nous.*

4131. Frédéric Beigbeder	*Windows on the World.*
4132. Philippe Delerm	*Un été pour mémoire.*
4133. Colette Fellous	*Avenue de France.*
4134. Christian Garcin	*Du bruit dans les arbres.*
4135. Fleur Jaeggy	*Les années bienheureuses du châtiment.*
4136. Chateaubriand	*Itinéraire de Paris à Jerusalem.*
4137. Pascal Quignard	*Sur le jadis. Dernier royaume, II.*
4138. Pascal Quignard	*Abîmes. Dernier Royaume. III.*
4139. Michel Schneider	*Morts imaginaires.*
4140. Zeruya Shalev	*Vie amoureuse.*
4141. Frédéric Vitoux	*La vie de Céline.*
4142. Fédor Dostoïevski	*Les Pauvres Gens.*
4143. Ray Bradbury	*Meurtres en douceur.*
4144. Carlos Castaneda	*Stopper-le-monde.*
4145. Confucius	*Entretiens.*
4146. Didier Daeninckx	*Ceinture rouge.*
4147. William Faulkner	*Le Caïd.*
4148. Gandhi	*La voie de la non-violence.*
4149. Guy de Maupassant	*Le Verrou et autres contes grivois.*
4150. D. A. F. de Sade	*La Philosophie dans le boudoir.*
4151. Italo Svevo	*L'assassinat de la Via Belpoggio.*
4152. Laurence Cossé	*Le 31 du mois d'août.*
4153. Benoît Duteurtre	*Service clientèle.*
4154. Christine Jordis	*Bali, Java, en rêvant.*
4155. Milan Kundera	*L'ignorance.*
4156. Jean-Marie Laclavetine	*Train de vies.*
4157. Paolo Lins	*La Cité de Dieu.*
4158. Ian McEwan	*Expiation.*
4159. Pierre Péju	*La vie courante.*
4160. Michael Turner	*Le Poème pornographe.*
4161. Mario Vargas Llosa	*Le Paradis — un peu plus loin.*
4162. Martin Amis	*Expérience.*
4163. Pierre-Autun Grenier	*Les radis bleus.*
4164. Isaac Babel	*Mes premiers honoraires.*
4165. Michel Braudeau	*Retour à Miranda.*
4166. Tracy Chevalier	*La Dame à la Licorne.*
4167. Marie Darrieussecq	*White.*
4168. Carlos Fuentes	*L'instinct d'Iñez.*
4169. Joanne Harris	*Voleurs de plage.*

4170. Régis Jauffret *univers, univers.*
4171. Philippe Labro *Un Américain peu tranquille.*
4172. Ludmila Oulitskaïa *Les pauvres parents.*
4173. Daniel Pennac *Le dictateur et le hamac.*
4174. Alice Steinbach *Un matin je suis partie.*
4175. Jules Verne *Vingt mille lieues sous les mers.*
4176. Jules Verne *Aventures du capitaine Hatteras.*
4177. Emily Brontë *Hurlevent.*
4178. Philippe Djian *Frictions.*
4179. Éric Fottorino *Rochelle.*
4180. Christian Giudicelli *Fragments tunisiens.*
4181. Serge Joncour *U.V.*
4182. Philippe Le Guillou *Livres des guerriers d'or.*
4183. David McNeil *Quelques pas dans les pas d'un ange.*
4184. Patrick Modiano *Accident nocturne.*
4185. Amos Oz *Seule la mer.*
4186. Jean-Noël Pancrazi *Tous s'est passé si vite.*
4187. Danièle Sallenave *La vie fantôme.*
4188. Danièle Sallenave *D'amour.*
4189. Philippe Sollers *Illuminations.*
4190. Henry James *La Source sacrée.*
4191. Collectif *«Mourir pour toi».*
4192. Hans Christian Andersen *L'elfe de la rose et autres contes du jardin.*
4193. Épictète *De la liberté* précédé de *De la profession de Cynique.*
4194. Ernest Hemingway *Histoire naturelle des morts* et autres nouvelles.
4195. Panaït Istrati *Mes départs.*
4196. H. P. Lovecraft *La peur qui rôde et autres nouvelles.*
4197. Stendhal *Féder ou Le Mari d'argent.*
4198. Junichirô Tanizaki *Le meurtre d'O-Tsuya.*
4199. Léon Tolstoï *Le réveillon du jeune tsar et autres contes.*
4200. Oscar Wilde *La Ballade de la geôle de Reading.*
4201. Collectif *Témoins de Sartre.*

4202. Balzac	*Le Chef-d'œuvre inconnu.*
4203. George Sand	*François le Champi.*
4204. Constant	*Adolphe. Le Cahier rouge. Cécile.*
4205. Flaubert	*Salammbô.*
4206. Rudyard Kipling	*Kim.*
4207. Flaubert	*L'Éducation sentimentale.*
4208. Olivier Barrot/ Bernard Rapp	*Lettres anglaises.*
4209. Pierre Charras	*Dix-neuf secondes.*
4210. Raphaël Confiant	*La panse du chacal.*
4211 Erri De Luca	*Le contraire de un.*
4212. Philippe Delerm	*La sieste assassinée.*
4213. Angela Huth	*Amour et désolation.*
4214. Alexandre Jardin	*Les Coloriés.*
4215. Pierre Magnan	*Apprenti.*
4216. Arto Paasilinna	*Petits suicides entre amis.*
4217. Alix de Saint-André	*Ma Nanie,*
4218. Patrick Lapeyre	*L'homme-soeur.*
4219. Gérard de Nerval	*Les Filles du feu.*
4220. Anonyme	*La Chanson de Roland.*
4221. Maryse Condé	*Histoire de la femme cannibale.*
4222. Didier Daeninckx	*Main courante* et *Autres lieux.*
4223. Caroline Lamarche	*Carnets d'une soumise de province.*
4224. Alice McDermott	*L'arbre à sucettes.*
4225. Richard Millet	*Ma vie parmi les ombres.*
4226. Laure Murat	*Passage de l'Odéon.*
4227. Pierre Pelot	*C'est ainsi que les hommes vivent.*
4228. Nathalie Rheims	*L'ange de la dernière heure.*
4229. Gilles Rozier	*Un amour sans résistance.*
4230. Jean-Claude Rufin	*Globalia.*
4231. Dai Sijie	*Le complexe de Di.*
4232. Yasmina Traboulsi	*Les enfants de la Place.*
4233. Martin Winckler	*La Maladie de Sachs.*
4234. Cees Nooteboom	*Le matelot sans lèvres.*
4235. Alexandre Dumas	*Le Chevalier de Maison-Rouge*

Composition et impression Bussière
à Saint-Amand (Cher), le 5 août 2005.
Dépôt légal : août 2005.
1er dépôt légal dans la collection : avril 2005.
Numéro d'imprimeur : 053024/1
ISBN 2-07-031498-7./Imprimé en France.